长安诗酒汴京花

上

随园散人 著

代 序
当我们遇见随园散人

2023年6月20日,我联系上了随园散人,却再也无法与他联系了。

131天前,2月9日,随园散人的生命被定格在家乡的一台肠梗阻手术中。自那天起,唯美浪漫的他停止了唯美浪漫的书写。

2010年前后,"古风散文"起势风行,其围绕古代文人墨客及古诗词取材,汲取普世价值以饷今人,行文颇为讲究,辞藻或华丽大气或清隽灵秀,不时点缀古韵,读起来极具古典美感,于当代文学市场迅速走红。随园散人、白落梅、安意如和石继航等人,正是这一类作家中的佼佼者。

随园散人的处女作《当仓央嘉措遇见纳兰容若》,出版即巅峰,首版累计销量突破50万册。多家出版机构纷纷邀约,他趁热打铁,相继推出李清照、李叔同、李白、杜甫、陶渊明等文人的传记作品,本本畅销。

我遇见随园散人,是我转行做出版编辑的第一年:2020年。那年,我在给《人生如逆旅,幸好还有苏轼》这一选题做市场评估时,注意到当时已再版的《当仓央嘉措遇见纳兰容若》。书名、文笔、销量,给我三重惊艳感。我奢望为随园散人策划一本书,成为他的编辑,却自知实力还不济。

三年过去,我策划的作品中有了几部畅销书。自感羽翼丰满时,我敲开了随园散人的门,却撞见这个惊人的噩耗。

一切来得太突然,特别是在大家对手术预期较为乐观的情况下,这个结果无疑是晴天霹雳。即使四个月的时间过去了,随园散人的哥哥姐姐们也没真正意识到,弟弟的财产已经变成遗产,弟弟作品的著作权人已经变成他们。

随后半年的时间里,我和随园散人的侄子玉君一起梳理出版项目的"后事"。我惊讶地发现,在随园散人第一顺位的继承人中,妻子、儿女、父母,均无。

婚姻曾经轻轻地扑向他,又匆匆飘走,都没来得及孕育爱情的结晶。他离世时四十岁出头,却是父母四个孩子中最小的那个,与年龄最相近的二姐也有十四岁的年龄差。父母都没有等到他成为百万畅销作家的那一天,就长眠了。

随园散人,不是至亲海洋中被呵护的一座孤岛,而是高高悬挂在海面上的一颗孤星。再去回味他的作品,唯美之中,颇有几分凄凉。

作为北京航空航天大学的高才生,随园散人有着理工生良好的工作和生活习惯:归档。无论是出版合同,还是电脑里的稿件,出版的和未出版的,都整理得井井有条。

当我审读遗稿和授权到期的稿件时,玉君正在对接各个出版机构,商讨协议变更和版税结算事宜。我们两边的进度,都很慢。

杜牧是我系列图书的目标人选,随园散人的杜牧遗稿,率先进入我的策划流程。12月,正当我准备上选题会时,一家出版机构的书讯发布:随园散人全新作品《杜牧传:起落人间,我自清醒》出版。

我第一时间联系到玉君,他反复确认,家中绝无这份出版合同。他几经周折,取得这一机构对接人的联系方式,咨询方知,合同早已双签,对方联系不上作者,就没回寄一份。

与此同时,随园散人的溘然而逝,被不法分子捕捉到讯息并嗅到了商机。他们伪造了一份《当仓央嘉措遇见纳兰容若》的著作权转让合同,篡改了授权期,在全网发起一场轰轰烈烈的"维权"行动,连合理引用书中内容的公众号都收到了法院传票。然而,这份合同原件的授权期到2023年9月就截止了。

由于这两个插曲,我对手中的稿件谨慎起来,翻来翻去,每一部看上去都像被"签"走了一样。我决定:对稿件的结构大刀阔斧地进行重塑。一方面是为了规避风险,另一方面是为了彰显随园散人难能可贵的创新精神。

《长安诗酒汴京花》是随园散人长长的创作列表中较少见的人物合集,他的作品以单人志居多。用一句话来介绍这部作品,可以说是"当大唐文坛遇见雅宋文坛",或是"当大唐诗人遇见雅宋词客"。这是对《当仓央嘉措遇见纳兰容若》内容组织形式上的一次继承与发扬。发扬之处在于,这部作品不再是一个人遇见另一个人,而是一个群体遇见另一个群体。

"知识放映室"主笔、青年作家董领认为:"唐宋以诗词为主,是雅文学流行时期;元明清也重要,戏剧和小说盛行,属于俗文学流行时期。"诗歌是文学的天花板,诗人在古代文人中的凤凰台上凤凰游，凤去台空江自流。

——李白《登金陵凤凰台》

地位至高。词是诗的一种变体，称长短句，也可视为一种从古诗过渡到现代诗的文学体裁，诗人、词人本是一家。这也贴合了大众的一个共识：唐和宋是我国古典文学史上的两大巅峰时期。

宋神宗赵顼以天子之名，与大臣们激烈讨论李白和苏轼谁更有才华。他最后一锤定音，评价道："白有轼之才，无轼之学。"由此引发了后人对李白和苏轼以及他们所代表的各自时代的近千年的比较，无休无止。

《长安诗酒汴京花》所呈现的正是对两大文学巅峰的左右张望。四十位文人中，有李白、杜甫、白居易、李商隐等二十位大唐诗人，也有苏轼、辛弃疾、李清照、陆游等二十位雅宋词客。他们会因头衔、文风、特质、境遇等组成"一对一"的对子，代表所处的朝代"出战"，展示各自的诗酒往事或悲喜人生。

比较的终点绝非输赢，而是看到从唐到宋的文脉传承，以及我国传统经典文化贯穿古代，涓涓流向当今的文化自信。

随园散人正是这一使命的担当者之一。他立足于黄土高坡塬上的家乡，却不同于陈忠实、贾平凹、陈年喜等人对脚下土地朴实深沉的叙述。他更愿意以文笔捡拾时代洪流过境后"聊足慰人心"的素材，为读者，也为自己搭建一个陶渊明式的"桃花源"，抑或是王维式的"终南山"，愿这里成为每个人的心灵避风港。

如今，随园散人已经到了他最喜爱的诗人、词人身旁，与他们把酒言欢、共叙情长。今日清明，遥祝长乐。

当我们遇见随园散人，翻看他的文字，他这独一份的唯美浪漫便会在现世苏醒，翻的人多了，则会不朽。

张攀

2024 年 4 月 4 日

目录

多少长安名利客，机关用尽不如君。
——黄庭坚《牧童诗》

世有伯乐,然后有千里马。千里马常有,而伯乐不常有。

——韩愈《马说》①

① 韩愈《杂说四首》其四,原本无题,为近人所加。

第一回合	**王勃** PK **李煜**
	初新时代体验者的发言权　一七

第二回合	**陈子昂** PK **林逋**
	前有高台，后有孤山　四一

第三回合	**元稹** PK **晏殊**
	哪个宰相鞠躬尽瘁　六三

第四回合	**温庭筠** PK **柳永**
	至少有个女子为我哭　八九

第五回合	**李白** PK **苏轼**
	两位一哥的较量　一一五

第六回合	**韩愈** PK **欧阳修**
	散文大家的师者风范　一四三

| 第七回合 | **杜甫 PK 辛弃疾**
我们都不是二哥　一六九

| 第八回合 | **王维 PK 秦观**
红豆相思与山抹微云　一九五

| 第九回合 | **白居易 PK 陆游**
谁眼里的日子越过越苦　二一九

| 第十回合 | **高适 PK 岳飞**
李家江山和赵家社稷都不好守　二四七

| 第十一回合 | **骆宾王 PK 张孝祥**
不承想终老与我无关　二七一

| 第十二回合 | **杜牧 PK 姜夔**
扬州一梦三百年　二九五

梅花漏泄春消息。柳丝长，草芽碧，不觉星霜鬓边白。

——晏殊《滴滴金》

离别一何久,七度过中秋。——苏辙《水调歌头·徐州中秋》

但愿人长久,千里共婵娟。——苏轼《水调歌头·明月几时有》

——请看今日之域中，竟是谁家之天下。

——骆宾王《代李敬业传檄天下文》

- 第十三回合　**贺知章 PK 晏几道**
  以自己喜欢的方式过一生　三二一

- 第十四回合　**孟浩然 PK 张先**
  玩出个千古留名　三四五

- 第十五回合　**李商隐 PK 李清照**
  婉约不是我的真性情　三六九

- 第十六回合　**王昌龄 PK 黄庭坚**
  泥里生活，云里写诗　三九五

- 第十七回合　**罗隐 PK 贺铸**
  今朝有酒今朝醉不醉　四一九

- 第十八回合　**薛涛 PK 朱淑真**
  爱情这个小玩意儿　四四三

- 第十九回合　**刘禹锡 PK 周邦彦**
  吾有陋室，吾有风月　四六七

- 第二十回合　**韦庄 PK 蒋捷**
  大唐雅宋的送行者　四九三

腊近探春春尚远,闲庭院,梅花落尽千千片。

——欧阳修《渔家傲·十一月新阳排寿宴》

题 记

　　初新之时：一个崭新的时代拉开序幕，少年天才如何报国？亡国之君如何过活？他们的"如何"落于诗词中，谁的心声更扣人心弦？

第一回合

王勃 PK 李煜

初新时代体验者的发言权

王 勃
穷且益坚，不坠青云之志

1

他是个天才。

也可以说，他是天才中的天才。

拿如今的话说，他便是人们常说的"别人家的孩子"。

他就是王勃，字子安，初唐四杰之首。一篇《滕王阁序》读来荡气回肠，一首《送杜少府之任蜀州》成了千古名作。只可惜，天妒英才，他年纪轻轻就不幸离世。

他是不折不扣的天才，天资聪颖，六岁即能作诗为文，而且构思精巧，文字豪迈，令人惊叹。当时，经学家、历史学家颜师古著有《汉书注》，九岁的王勃读后，作了十卷《指瑕》，纠正颜师古书中的错误。

十岁时，王勃已博览群书，读遍了六经。十二岁时，他去往长安，跟随曹元学医，不到两年时间，学习了《黄帝内经》《周易》《黄帝八十一难经》等。对于王勃的聪慧，与其齐名的杨炯曾如此评价："时师百年之学，旬日兼之；昔人千载之机，立谈可见。"

十五岁那年，宰相刘祥道巡察至王勃故乡绛州龙门（今山西河津），王勃写了《上刘右相书》让人呈给刘祥道。在这篇文章中，王勃写道："辟土数千里，无益神封；勤兵十八万，空疲帝卒。惊烽走传，骇秦洛之氓；飞刍挽粟，竭淮海之费。"表达了自己的政治见解，对唐王朝武力扩张的做法表示反对。刘祥道读后甚是惊喜，盛赞王勃是神童。

不久后，王勃作诗《秋夜长》：

秋夜长，殊未央，月明白露澄清光，层城绮阁遥相望。
遥相望，川无梁，北风受节南雁翔，崇兰委质时菊芳。
鸣环曳履出长廊，为君秋夜捣衣裳。
纤罗对凤凰，丹绮双鸳鸯，调砧乱杵思自伤。
思自伤，征夫万里戍他乡。鹤关音信断，龙门道路长。
君在天一方，寒衣徒自香。

大唐初期，诗歌还留着六朝时期的绮艳特点。而王勃这首诗，写得古朴自然，毫无浓艳之感，就好像给平静的湖面投入一颗石子，激起涟漪无数。

麟德二年（665），王勃向唐高宗进献《乾元殿颂》，表明了仕进之心。虽是歌功颂德之作，但王勃写得清丽脱俗，唐高宗惊讶于其才华，连连夸赞奇才。次年，王勃又向唐高宗呈上一篇《宸游东岳颂》。

十七岁，王勃应幽素科试，顺利及第，被授予朝散郎之职，步入了仕途。科举这件事，有的人穷极一生也无法跃过龙门，而有的人却如探囊取物。就像登山,有的人出发时已在山腰,而有的人爬了很久仍在山脚。

唐代的科举,分明经科和进士科等,前者较为容易,后者则非常困难,因此唐人说:"三十老明经,五十少进士。"白居易二十九岁进士及第,欣喜地写诗说"慈恩塔下题名处,十七人中最少年";孟郊四十六岁考中进士,志得意满地说"春风得意马蹄疾,一日看尽长安花"。幽素科的地位不比进士科差,而王勃,仅仅十七岁就已幽素及第,步入仕途。

人生各异,有的人终身寻觅也无所得;而有的人,只是信步而行,便得遇佳景。

当然,佳景背后是斜风细雨还是雨雪飘落,谁也无法预料。

年少成名未必是好事,白发布衣也未必是坏事。

其实,在王勃的家族中,并非只有他一个天才。王勃的祖父王通,为隋代名流,十五岁即为人师,门生遍布天下。王勃的兄长王勔也是少有才名,二十岁便进士及第。王勃的叔祖王绩亦是天才,为五言律诗的奠基人,作有流传千古的《野望》一诗:

东皋薄暮望,徙倚欲何依。
树树皆秋色,山山唯落晖。
牧人驱犊返,猎马带禽归。
相顾无相识,长歌怀采薇。

和王勃相似,王绩也是天赋异禀。十五岁时,他前往京城闯荡,才华斐然的他受到众公卿赏识,被誉为"神仙童子"。隋大业年间,他应孝廉举及第，被授予秘书正字之职。不过，他不喜朝堂的拘束，自请外调至扬州六合任县丞。

隋朝末年，天下板荡，河山飘摇。身在扬州的王绩，整日饮酒，很少理会政事。后来，他被弹劾，于是便辞官回到了故乡。大唐初建后，王绩被征召入朝，任门下省待诏。然而，他之所以再次为官，为的只是每天能得到三升酒。弟弟王静问他待诏工作如何，他说景况不佳，只有那三升酒值得留恋。

数年后，王绩再次辞官，回到故乡，过上了安逸的田园生活。后来，听说太乐署史焦革擅长酿酒，王绩又自荐去做太乐丞。只为饮酒而做官，风采可与阮籍相比。焦革离世后，王绩再度辞官归里，继续他的隐居生活。从焦革处学得了酿酒技术，王绩的日子很是逍遥。

王绩嗜酒如命，可以说一生都是在酒中度过的。在他身上，有明显的魏晋遗风。他曾写过一篇《醉乡记》，还模仿陶渊明的《五柳先生传》写了篇《五斗先生传》。

大唐岁月，都是泡在酒里的。从贺知章到李白，从白居易到杜牧，皆是好酒之人。杜甫还特意作了首《饮中八仙歌》，描绘了当时好酒之人的风采。

可以说，有了酒，才有了唐诗的摇曳多姿。

有了酒，才有大唐文化的余味。

2

王勃是百年难遇的奇才。

然而，他的人生并不平坦。

十七岁，许多人还在苦读诗书，不知前途如何时，王勃已经步入仕途。长安城里，王勃送别即将前往蜀州的好友杜少府，作了首《送杜少府之任蜀州》：

城阙辅三秦，风烟望五津。
与君离别意，同是宦游人。
海内存知己，天涯若比邻。
无为在歧路，儿女共沾巾。

海内存知己，天涯若比邻。即使人各天涯，也似近在咫尺。因此，面对离别，不必如小儿女那般哭哭啼啼。很显然，这是人在意气风发时面对离别的状态。

关于这位杜少府，史料不曾详述。从王勃的存诗可知，他的朋友不少。不过，在他落难的时候，很少有人伸出援手。世道艰险，很多时候，所谓的朋友信义也是靠不住的。

太早成名的王勃，难免年少轻狂和心浮气躁。那时候，他所在的长安城，是一个物欲横流、纸醉金迷的地方。不久之后，王勃便与诸多王孙公子厮混在了一起。而他的人生，急转直下。

做朝散郎后，王勃与沛王李贤交好，并且去到沛王府担任了修撰。当时，京城市井中流行斗鸡，王孙公子也都颇好此道。某日，沛王李贤与英王李显斗鸡，王勃应沛王之请，以其笑傲天下的文笔，写了篇《檄英王鸡文》，为沛王助兴。

不久后，唐高宗闻听了此事。高宗向来不喜皇室子弟无所事事斗鸡走狗，王勃知道沛王与英王斗鸡，不仅没有劝诫，反而作斗鸡檄文助长斗鸡之风，这让高宗甚是恼怒。而且，在高宗看来，王勃那篇檄文，有挑拨皇子关系的嫌疑。于是，盛怒之下，高宗将王勃逐出了京城。

在人们的印象中，年少成名的王勃极为恃才傲物。也因此，在他被逐的时候，无人为他求情。当然，世态炎凉、人情冷暖本就是常事，官场之中更是如此。对大多数人来说，为了帮助别人而丢了自己的乌纱帽，绝对是划不来的。

成也文字，败也文字。天才王勃，为他的年轻付出了代价。假如他不是年少轻狂，假如他经过多年历练，学会了为官处世之道，大概不会写那篇檄文。

然而，人生没有假如可言。

许多事发生了便也只能顺其自然，无法重来。

此时的王勃，心境甚是黯然。送别好友薛华，他作了首《别薛华》：

送送多穷路，遑遑独问津。
悲凉千里道，凄断百年身。
心事同漂泊，生涯共苦辛。
无论去与住，俱是梦中人。

此时的王勃，再也说不出"无为在歧路，儿女共沾巾"那样的话了。只因从前他的人生如日中天，此时却是风雨凄凄。于是，面对离别，他的心里尽是感伤。

同样是离别，可以是"挥手自兹去，萧萧班马鸣"，也可以是"执手相看泪眼，竟无语凝噎"。即使是同一个人，在不同的心境下面对离别，也可以是完全不同的状态。从前的王勃一身洒脱，此时经历了人生起落，送别诗里满是凄凉的味道。

对王勃来说，人生的波折还没有结束。咸亨二年（671）秋冬之际，他本打算回到长安再次参加科举，从头再来，却在此时受到时为虢州司法的好友凌季友的邀请，前往虢州做了参军，这为他再度被贬埋下了伏笔。

据《新唐书》记载，王勃任虢州参军期间，一个叫曹达的官奴犯法，因为仗义，他将曹达藏匿起来，后来细想之下甚觉不妥，又悄然间将曹达杀死。最终，事情败露，王勃身陷囹圄，按律当斩。不过，幸运的是，恰逢朝廷大赦天下，王勃被释放。此后，他再无入仕之心，拒绝了朝廷征召，回到故乡，著书立说，倒也过得安稳。

天性单纯的人，都不适合官场。对古代的读书人来说，修身、齐家、治国、平天下是人生的既定路线。不入官场就意味着一事无成、穷困潦倒，入了官场又意味着如履薄冰、如临深渊，这实在是两难的选择。

有史学家认为，王勃藏匿曹达之事，是有人设计陷害他。王勃虽然才情倾世，但毕竟太年轻，加之性情澄澈，对于世间之事看得太浅，不曾提防，于是轻易就入了圈套。殊不知，官场之中，人心难测，暗箭难防。很多人，一不小心就入了狱，甚至丢了性命。官场如战场，许多血迹是看不见的。

身在田园山野，王勃也常与好友把酒酬唱。不过，他们谈论的只有人生况味，没有红尘俗事。这天，王勃与王道士倾谈后，送好友归去，写了首《山居晚眺赠王道士》。这首诗写得极为淡雅：

金坛疏俗宇，玉洞侣仙群。花枝栖晚露，峰叶度晴云。
斜照移山影，回沙拥籀文。琴樽方待兴，竹树已迎曛。

那时候，最让王勃牵挂的是他的父亲。因为曹达一事，王勃虽免于一死，他的父亲却被贬为交趾县令。交趾乃蛮荒之地，父亲被贬至那里，王勃甚是愧疚。他在《上百里昌言疏》中写道："今大人上延国谴，远宰边邑。出三江而浮五湖，越东瓯而度南海。嗟乎！此皆勃之罪也，无所逃于天地之间矣。"

王勃决定南下前往交趾，去探望父亲，以尽人子之孝。他是个放荡不羁的才子，但在父亲面前，他永远是个孝顺的儿子。上元三年（676），在陪伴父亲多日后，王勃踏上了归途。没想到，途中遇到风浪，王勃溺水受到惊吓，不久即离世。一代天才，将他的人生永远定格在二十七岁。

他走得太急，还不曾学会洞明世事、人情练达。自然，天真如他，也不屑于人情练达。浮生如梦，属于王勃的那场梦，美丽而短暂。

红尘俗世，他不曾长大。

泰戈尔说，生如夏花般绚烂，逝如秋叶般静美。

王勃的人生，便是如此。

3

王勃最有名的,当数那篇《滕王阁序》。

一千多年后再读这篇文章,仍会心潮起伏。

那年,王勃南下前往交趾,路过南昌时,滕王阁恰好建成,都督阎伯玙大宴宾客,王勃亦在受邀宾客之中。此次宴会,阎伯屿意在推出自己的女婿吴子章,因此让吴子章提前准备好了一篇文章,再在筵席中以即兴作文的方式呈给众宾客。

筵席上,阎伯玙假意请众人为此次宴会作序,众人皆知其意,表示推辞。天性率真的王勃,并不理会人情世故,带着几分酒意,接过纸笔便开始当众作文。不久后,这篇千古名作便已写就。

披绣闼,俯雕甍,山原旷其盈视,川泽盱其骇瞩。闾阎扑地,钟鸣鼎食之家;舸舰弥津,青雀黄龙之舳。云销雨霁,彩彻区明。落霞与孤鹜齐飞,秋水共长天一色。渔舟唱晚,响穷彭蠡之滨;雁阵惊寒,声断衡阳之浦。

遥襟甫畅,逸兴遄飞。爽籁发而清风生,纤歌凝而白云遏。睢园绿竹,气凌彭泽之樽;邺水朱华,光照临川之笔。四美具,二难并。穷睇眄于中天,极娱游于暇日。天高地迥,觉宇宙之无穷;兴尽悲来,识盈虚之有数。望长安于日下,目吴会于云间。地势极而南溟深,天柱高而北辰远。关山难越,谁悲失路之人?萍水相逢,尽是他乡之客。怀帝阍而不见,奉宣室以何年?

嗟乎!时运不齐,命途多舛。冯唐易老,李广难封。屈贾谊于长沙,非无圣主;窜梁鸿于海曲,岂乏明时?所赖君子见机,达人知命。老当益壮,宁移白首之心?穷且益坚,不坠青云之志。酌贪泉而觉爽,处涸辙以犹欢。北海虽赊,扶摇可接;东隅已逝,桑榆非晚。孟尝高洁,空余报国之情;阮籍猖狂,岂效穷途之哭?(《滕王阁序》节选)

这篇文章,可谓文不加点、汪洋恣肆。阎伯屿读了之后,惊叹于王勃的才华,说道:"此真天才,当垂不朽矣!"天真的王勃,再一次以才华征服了在场所有人。当然,这件事定会让意欲展露才华的阎伯屿的女婿吴子章大为恼火。

相传,吴子章有过目不忘之能。那日,在王勃写完《滕王阁序》后,吴子章被抢了风头,极是不悦,便声称这篇文章是抄袭自己的,并当众背诵了一遍。王勃却没有惊慌,慢悠悠地说:"吴兄可知,此文后面还有序诗吗?"吴子章无言以对。王勃又挥动笔墨,在文章后面写了首序诗,吴子章自愧不如。

滕王高阁临江渚,佩玉鸣鸾罢歌舞。
画栋朝飞南浦云,珠帘暮卷西山雨。
闲云潭影日悠悠,物换星移几度秋。
阁中帝子今何在?槛外长江空自流。

与那篇序文相比,这首诗毫不逊色。不过,王勃在写末句的时候,故意空了一个字。众宾客各抒己见,阎伯屿皆不甚满意。后来他才得知,王勃所空的那个字,正是个"空"字,阎伯屿再次感叹,称王勃为当世奇才。

后来，王勃的《滕王阁序》以及这首序诗传至京城，唐高宗读了之后，将"落霞与孤鹜齐飞，秋水共长天一色"视为千古绝唱。而那首诗，他也连声赞叹。为此，对于当日逐王勃出京，他颇有悔意。于是，他想召王勃入朝。可惜，那时候王勃已经离世。高宗连声喟叹"可惜"。

　　二十七岁，这样的年纪对人生来说，才刚开始。然而，那天才却在这样风华正茂的年岁离开了人世。他留恋尘世，却走得不声不响。

　　生命如一叶扁舟，漂荡于无垠大海。

　　有的人，漂了很久不见彼岸；有的人，刚出发已是归途。

　　我以为，生命的价值不在于长短，而在于自我实现。王勃的人生虽然短暂如烟花，但他已在尘世绚烂过。或许，刹那的绚烂，也是一种圆满。

李 煜
流水落花春去也，天上人间

1

红尘太深，岁月太长。

世间的我们，都只是刹那经过。

经过红尘，我们都是他乡之客。我们偶然来到尘世，过山水云烟，过悲欢离合，学着淡然，学着从容，最后悄然归去，便是完成了一件叫作人生的作品。

有时候，我们可以选择自己的人生。但是往往，我们只是被选择。人们说，人生如棋，落子无悔。看上去，我们像是对弈之人，于人生的棋盘上深思熟虑、步步为营。然而，真实的情况是，下棋的并非我们，而是一位叫作岁月的慈眉善目却又无比冷漠的老者。

李煜本是个多愁善感的词人，却无奈成了南唐后主，做了亡国之君。显然，对一个软弱且天真的词人来说，被历史选择做了末代君王，这是极大的不幸。他没有帝王需要的雄才伟略，相反，他有一颗帝王不需要的赤子之心。如果可以，他只愿做个简单的人，醉心于风花雪月，饮着酒，写这样的词：

无言独上西楼，月如钩。寂寞梧桐深院，锁清秋。

剪不断，理还乱，是离愁。别是一般滋味在心头。

然而，命运将他推向了历史的风口浪尖。

有时候，生活的玩笑让人猝不及防。

生于帝王之家，这就是李煜悲剧的开始。作为先帝李璟的第六子，他本来离帝位很远。李煜生性单纯，喜欢山水云月。他曾想远离是非纷扰，做个游山玩水、吟风弄月的词人，于诗酒琴书中散淡度日。他很清楚，自己并不具备支撑万里河山的能力。曾经，他是个白衣翩翩的少年，纵情于江南山水，写着他的《渔父》词：

阆苑有情千里雪，桃花无言一队春。一壶酒，一竿身，快活如侬有几人。

一棹春风一叶舟，一纶茧缕一轻钩。花满渚，酒满瓯，万顷波中得自由。

对李煜来说，做个平凡的人，过清雅的日子，远比身为王侯贵胄来得自在。他甚至想，如多年前的范蠡那样，一叶扁舟、一壶好酒，在碧波中悠然来去。

然而，这样的愿望终是落空了。先是他的几位兄长相继离世。后来，为了稳固太子之位，李煜的长兄李弘冀买通杀手除掉了有可能与之争夺帝位的叔父李景遂[①]。不过，李弘冀最终也忧悒而死。结

[①] 一说李景遂为"暴疾"而亡。——编者注

果,最不愿做帝王的李煜做了太子,进入了东宫。

北宋建隆二年(961)夏,李璟驾崩,李煜于金陵即位为帝。本想醉心于诗酒云山的他,登上了江山之巅。他有几分茫然和恍惚,甚至还有些无辜。对李煜来说,身为君王,受万民朝拜,几乎没有意义。可是,历史做了选择,将南唐江山系在了他的身上。

那是中国历史上最纷乱的时代之一,群雄并起,烽火连城。从朱温称帝、大唐覆灭开始,中原地区王朝更迭频繁,在短短半个世纪中,相继出现了后梁、后唐、后晋、后汉、后周五个王朝。而在中原以外,则有前蜀、后蜀、吴、南唐、吴越等十个王国。各国之间征伐不断,战事频仍。直到一个人横空出世,这样纷乱的历史才得以结束。

那个人便是赵匡胤,北宋开国皇帝。他曾跟随后周世宗柴荣南征北战,功勋卓著,逐步掌握了禁军。柴荣病故后,赵匡胤升任检校太尉。公元960年,奉命抵御契丹及北汉联军时,赵匡胤于陈桥发动兵变,逼迫后周恭帝禅位,建立了宋朝,定都开封。此后,各割据政权相继为宋所灭。

作为最大的割据政权,南唐也未能逃过被灭的命运。战乱不休的年代,李煜不曾勤勉于政事、励精图治。对他来说,家国之事都无比陌生。他最熟悉的,是诗酒琴书,是山水云月。一支诗笔,画不出河清海晏。

事实上,身在帝位,李煜过的仍是"才子佳人"的生活。他疏于政事,日日饮酒填词,纵情于声色犬马。于是,人们总说,是他的荒淫导致了南唐的覆灭。

必须承认,有的人能够擎得起万里江山,比如秦始皇、汉武帝、唐太宗等人；有的人无力支撑江山，比如汉献帝、宋徽宗。李煜属于后者。他只是个文弱的书生，更适合简单素净的生活。对他来说，帝王的身份只如枷锁。

另外，即使是才略惊人的帝王，若是身处一个王朝的末期，也定然无力回天。试想，若是唐太宗处在九世纪末的大唐，康熙帝处在十九世纪末的大清，能够拯救大唐和大清吗？答案恐怕是否定的。

在大宋王朝蒸蒸日上之时，所有的周边小国必然会被其吞噬，南唐也不例外。仔细想想，真正让南唐覆亡的，并非李煜，而是冰冷的岁月。他只是恰好赶上了，做了南唐的末代天子。他只是个性情澄澈的词人，饮酒填词才是他的爱好。

别来春半，触目愁肠断。砌下落梅如雪乱，拂了一身还满。
雁来音信无凭，路遥归梦难成。离恨恰如春草，更行更远还生。

岁月深处，他独立江山之巅。
遥望河山万里，他看到的是尘烟滚滚。
而他的手中，只有诗笔和酒杯。

2

于岁月，每个人都是棋子。
我们的每一步，都在生活的算计之中。
宋军兵临城下的时候，李煜也曾愁苦。但他愁的，并非难保山河万里，而是生灵涂炭。不管怎样，酒还是要饮，词还是要写。那些日子，他常与大臣饮宴，于醉意中忘记愁绪。

北宋开宝八年十一月二十七日（976年1月1日），宋军攻破了金陵。李煜奉表投降，沦为阶下囚。离开金陵前的那晚，他登上高楼，遥望万里河山。终于要失去了，他倒是很坦然。原本，"河山"两个字就太重，他无力承受，也不愿承受。借着微弱的灯光，他作了首《破阵子》：

四十年来家国，三千里地山河。凤阁龙楼连霄汉，玉树琼枝作烟萝，几曾识干戈。

一旦归为臣虏，沈腰潘鬓消磨。最是仓皇辞庙日，教坊犹奏别离歌，垂泪对宫娥。

家国河山，注定要失去的，终是失去了。

从那日开始，他的人生只剩悲歌。

所有的歌舞升平，最终都被战马踩碎，成了尘埃。从天子沦为阶下囚，他的心中无比惆怅，感觉自己如沈约般憔悴不堪，如潘岳般华发丛生。此时，李煜最想挥泪告别的，并非江山社稷，而是相处多年的宫女。

苏轼曾说，河山破碎之际，应当是举国与人，恸哭于九庙之外。因此，他对于李煜"垂泪对宫娥"很是不屑，认为其行为有失体统。但那恰恰是李煜真性情的流露。对于忠孝节义和那些俗套的程序，他并不在意。他更愿遵从自己的内心，与值得作别的人认真道别。在许多人看来，江山沦丧，作为天子，应当自绝以谢天下。但是李煜只是个风雅的词人，死得壮烈与否，对他毫无意义。

不久后，李煜被押解到了汴京。作为亡国之君，他受尽了羞辱。开宝九年（976），赵匡胤驾崩，其弟赵光义继位，即宋太宗。此后，李煜所受屈辱更甚。他心爱的小周后总被宋太宗召入后宫，他只有心痛的份。那些日子，他只能在屈辱中怀念故国，饮着酒悲伤地填词。某日，他作了首《乌夜啼》：

昨夜风兼雨，帘帏飒飒秋声。烛残漏断频欹枕，起坐不能平。
世事漫随流水，算来一梦浮生。醉乡路稳宜频到，此外不堪行。

人生如梦，世事如尘。
所有的前尘往事，皆可以放在一杯酒里。
只是，再深的宿醉也有醒转之时。醒来的时候，他仍在那个孤寂的窗口，秋风瑟瑟，明月无声。忆起从前，他忍不住觉得凄凉。其实，对他来说，家国天下算不了什么。如果可以，他愿意做一介布衣，飘然来去于江湖。可他，没有选择的权利。

闲梦远，南国正芳春：船上管弦江面绿，满城飞絮辊轻尘。忙杀看花人。
闲梦远，南国正清秋：千里江山寒色暮，芦花深处泊孤舟，笛在月明楼。

江南，是一场温软的梦。
曾经，他在那里，手握酒杯悠然落笔。
但那个秋天，在江南饮酒填词的是别人，在芦花深处乘扁舟来去的也是别人。李煜身在北方,远离故土。他失去了江山,也失去了家园和自由。岁月在他的笔端冰冷地徘徊,成了一种深刻的悲伤。

从秋天到春天,就像过了几个世纪。对身陷囹圄的人来说,陌上花开的日子,也无法让愁肠百结的心情变得明亮起来。一个烟雨潇潇的日子,李煜作了首《浪淘沙》:

帘外雨潺潺,春意阑珊。罗衾不耐五更寒。梦里不知身是客,一晌贪欢。

独自莫凭栏,无限江山,别时容易见时难。流水落花春去也,天上人间。

人生,看似漫长,其实不过是刹那。

那个春天,独自凭栏,李煜只有无边的叹息。

云山草木、山河故人,都已不属于他。

迷离的烟雨中,夹杂着几声杜鹃啼鸣,甚是凄惨。汴京城里,人来人去,繁花似锦,都与他无关。他饮着酒思索人生,无数次想到那个字。他能感觉到,死亡离他越来越近了。对他来说,死亡是一种解脱。

人们说,卧榻之侧,岂容他人酣睡。对宋太宗赵光义来说,只要李煜不死,他就无法安寝。终于,赵光义决定让李煜永远消失于尘世。太平兴国三年(978)七夕,在李煜四十二岁生日当天,赵光义赐给他一杯酒。李煜心知肚明,从容地饮下了那杯酒。他离开了人世,酒盏落了地。那日,他作了人生最后一首词,是一首《虞美人》:

春花秋月何时了，往事知多少。小楼昨夜又东风，故国不堪回首月明中。

雕栏玉砌应犹在，只是朱颜改。问君能有几多愁：恰似一江春水向东流。

作为天子，李煜是失败的。但是作为词人，他是当之无愧的一代词宗。只是，再好的笔也无法为自己画一段完满的人生。终究，人生中的许多事，是由不得自己的。悲与欢、聚与散，都由岁月安排。我们只是自己的扮演者。

活到最后，李煜回到了自己内心深处。

那里，一叶舟，一壶酒，一轮月。

他只是个散淡的词人。

3

李煜生平爱过两个女子。

她们分别被称作大周后和小周后。

大周后名娥皇，小周后据说名嘉敏，她们是姐妹。

那年，李煜即位为帝，立娥皇为皇后。大周后年长李煜一岁，天生丽质，擅长音律，而且能歌善舞。初见她时，李煜已经倾心。后来，李煜爱上了大周后，时常纵情于后宫。她为他煮酒弹琴，他为她填词作诗，日子甚是逍遥。李煜写过一首《一斛珠》：

晓妆初过，沉檀轻注些儿个。向人微露丁香颗。一曲清歌，暂引樱桃破。

> 罗袖裛残殷色可，杯深旋被香醪涴。绣床斜凭娇无那，烂嚼红茸，笑向檀郎唾。

这样香艳的闺阁画面，定会让当时的许多人瞠目结舌。然而，任性的李煜就是要将他与大周后的深宫生活写在词里，让天下人知晓。当然，对李煜来说，后宫里有旖旎缠绵，也有诗情画意。

大周后曾为李煜作《邀醉舞破》。那日，李煜和大周后把酒言欢，大周后突然来了兴致，请李煜为她舞蹈。应李煜之请，大周后片刻便作出了这支新曲。其后，她抚琴伴奏，李煜和曲起舞。他们还曾一起修复唐玄宗所作之《霓裳羽衣曲》，大周后为李煜翩然起舞。李煜在那首《玉楼春》中写道："晚妆初了明肌雪，春殿嫔娥鱼贯列。凤箫吹断水云间，重按霓裳歌遍彻。"

可惜，美好的日子总是太短暂。

就像花开陌上，总会在不经意间无声凋零。

李煜二十八岁那年，集万千宠爱于一身的大周后病倒了。那些日子，李煜无比心疼。他总是和衣伴在大周后身边，有时候彻夜不眠。而且，大周后的汤药，他都要亲自尝过才给她喝。可惜，大周后还是故去了，李煜心如刀绞。他写了首挽词：

> 珠碎眼前珍，花凋世外春。未销心里恨，又失掌中身。
> 玉笥犹残药，香奁已染尘。前哀将后感，无泪可沾巾。
> 艳质同芳树，浮危道略同。正悲春落实，又苦雨伤丛。
> 秾丽今何在？飘零事已空。沉沉无问处，千载谢东风。

他不像个帝王，而像个寻常的男子。

爱人离世，从此天上人间，他无数次泪眼模糊。

幸好，他的身边，还有个小周后。大周后去世四年后，李煜立其妹妹嘉敏为后，即小周后。她也是个才貌双绝的女子，深谙音律，懂得填词作诗。他们初在一起，小周后才十五岁，身姿窈窕，温婉清扬。作为帝王，拥有后宫佳丽三千也无可厚非。不过，因为有大周后，李煜和小周后只能偷偷相约，如他在那首《菩萨蛮》中所写：

花明月暗笼轻雾，今宵好向郎边去。刬袜步香阶，手提金缕鞋。

画堂南畔见，一晌偎人颤。奴为出来难，教君恣意怜。

这首词，可谓写尽了情人私会的谨慎和恣意。月光如水的清宵，女子手提绣鞋，轻手轻脚地走到男子身边，偎在他的怀里，说相见不易。

有小周后相伴，李煜仍旧过着风流快意的日子。外面兵荒马乱，他在南唐的江山之巅独得欢愉。后来，这样的日子终于结束了，他和小周后被押解到了汴京。最后那几年，有小周后相伴，李煜在凄凉中颇感慰藉。只是，宋太宗时常召小周后入宫，强行临幸，李煜极为愤懑，却无可奈何。

所有的欢情，刹那间碎落成尘。

温柔与缱绻，快意与风流，都成了往事。

月明之夜，往事不堪回首。

故事里风流俊雅的天子、明丽多情的女子，在深宫里无限缱绻。故事的最后，天子被鸩杀，不久后女子也离开了尘世。人生如梦，

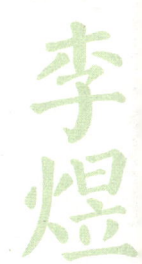

或许可以说，离开不过是梦醒而已。

倘若李煜不是生于帝王之家，只是个寻常词人，他可以带着纯粹的自己畅游山水、纵情诗酒。他可以与心爱的女子琴瑟和鸣，从少年到白头。可惜，在岁月的棋盘上，他被选择做了君王。这是他的无奈。

红尘滚滚，每个人都有各自的无奈。

毕竟，我们都是岁月的棋子。

长安诗酒
汴京花

题 记 ─────────────────────

　　仕途观：王朝走在上坡路上，学而优则仕，是好男儿的标准选项，然而选项绝非唯一的。他和他，谁选对了？

第二回合

陈子昂 PK 林逋

前有高台，后有孤山

陈子昂
前不见古人，后不见来者

1

岁月迢迢，红尘无垠。

每个人，都是这世界的过客。

从来处来，到去处去，不着痕迹。

我们只是路过红尘，在苍茫的大地上匆忙地走一遭，遇见所要遇见的物事，经历所要经历的悲喜，然后悄然离去，如落叶归根。大千世界，属于我们的，只有形单影只的自己。

蓦然间，想起了那位诗人。他叫陈子昂，字伯玉。一千多年前，他曾独立于天地之间，叹息道："前不见古人，后不见来者。"那是跨越时空的孤独，就仿佛茫茫宇宙间只有他一个人，独来天地，独往江湖。

那时候，大唐王朝虽有起伏，毕竟处于日渐繁盛之时。那个清晨，玄武门前，刀光剑影之间，无数生命凋零。不久后，血迹犹在，大唐王朝完成了帝王的更替。唐太宗励精图治，开创了"贞观之治"。后来，武则天独坐大唐之巅，百官山呼万岁。于大唐王朝，那是一处永恒的创伤。

尽管如此，随着历史的车轮继续前行，大唐迎来了绚烂的开元盛世。杜甫在诗里写道："忆昔开元全盛日，小邑犹藏万家室。稻米流脂粟米白，公私仓廪俱丰实。九州道路无豺虎，远行不劳吉日出。齐纨鲁缟车班班，男耕女桑不相失。"

可惜，陈子昂未能等到开元盛世，也未能等到惜才爱才的圣贤。因此，他在人海深处发出了那样的浩叹。与大唐无数文人流连诗酒的情景相比，他独自长叹的画面显得格格不入。但那又是真实的孤独，一杯浊酒，一声长叹，无人听见。

陈子昂出生于梓州射洪（今属四川）的一个富庶家庭。他天生聪颖，但从小不喜读书，喜欢舞枪弄棒，渐渐养成了任侠尚义的性格。裘马轻狂的年纪，他是个十足的纨绔子弟，过着饮酒赌博、斗鸡走狗的生活。若就此下去，他或许会成为一个市井恶霸。

不过，一件事的发生，让陈子昂有了彻底的改变。某日，他在舞剑时误伤了别人，决定从此弃武从文。这个决定，竟然成就了一位名垂千古的诗人。从那日开始，他有了脱胎换骨的改变，谢绝了旧日狐朋狗友的邀约，苦读诗书，废寝忘食。仅仅用了数年，他已遍读经史子集，成了一个腹有诗书的才子。

或许，每个人都有一盏灯。

找到那盏灯，人生才算有了方向。

往往，寻找那盏灯，需要我们不经意的蓦然回首。

关于陈子昂，其好友卢藏用在《陈子昂别传》中写道："奇杰过人，姿状岳立。始以豪家子驰侠使气，至年十七八未知书。尝从博徒入乡学，慨然立志，因谢绝门客，专精坟典，数年之间，经史百家，罔不该览。尤善属文，雅有相如、子云之风骨。"

卢藏用与陈子昂、司马承祯、宋之问、高适、毕构、李白、孟浩然、王维、贺知章被称为"仙宗十友"。卢藏用才华出众，年轻时即进士及第，不过朝廷并未立即任用他。于是，他便隐于终南山，以求出仕之机。

后来，卢藏用受到了武则天的任用，从左拾遗做到了吏部侍郎。当时，司马承祯应召入京，被赐予官职。但司马承祯不喜官场纷争，只愿隐于山野，便辞官而去。离京之时，卢藏用为其送行，指着终南山说道："此中大有嘉处。"司马承祯则不屑地说："以仆视之，仕宦之捷径耳。"这便是"终南捷径"的典故。

而陈子昂苦读数年后，于调露元年（679）离开梓州前往长安。彼时的长安，为大唐政治文化的中心，也是世界第一大都市。大唐鼎盛时期，长安城常住人口有近两百万，外国使者、商人、僧侣等总数约三万人。

路过荆门，陈子昂作了首《度荆门望楚》：

遥遥去巫峡，望望下章台。
巴国山川尽，荆门烟雾开。
城分苍野外，树断白云隈。
今日狂歌客，谁知入楚来。

年轻的他，有几分恣肆，几分疏狂。
人生起落，世事浮沉，未经历时都十分模糊。
来到长安后，陈子昂进入了国子监学习。次年，他参加了科举考试,可惜名落孙山。其后,他回到故里继续苦读。永淳元年(682),他第二次参加科举,再次落第。曾经他以为,考取科举,走入仕途是唾手可得之事,两次落第之后,他终于明白,要考中科举,除了满腹才华,还需要几分运气。科举的路上,有人一战成名,有人从少年到白发,始终不能如愿以偿。

长安城里,陈子昂仍在苦读。

灯火稀疏,身影寥落。

2

世人熙熙攘攘,皆在名利之间周旋。

潇洒如李白,当初也曾无数次投诗干谒。

为了声名显赫,人们总是各出其招。据说陈子昂性情狂傲,不愿低声下气地干谒权贵。但他有他的优势,那便是出身巨富之家,不缺钱财。一番冥思苦想后,他想出了一个出名的好办法。拿如今的话来说,那是一场精心策划的炒作。

某日,长安城里热闹如常。一位白发老者在人潮汹涌之处兜售一把胡琴,要价百万。这个让人咋舌的价格,让许多豪门显贵望而却步。人们纷纷猜测和谈论这把胡琴的来历。数日后,老者卖琴的事在长安城里传得沸沸扬扬。

这天,陈子昂来到老者面前。见到那把胡琴,他显得甚是惊喜,问了价格后不曾还价便买了下来。他只是个外地的年轻人,无人识得。买了琴之后,他又抱拳拱手,对周围的人们说道:"本人擅弹胡琴,明日将于此地弹奏乐曲,希望各位广而告之。"

对于这件事，长安城里许多人都颇感兴趣。次日，无数人聚集在老者卖琴的地方，等着听陈子昂弹奏胡琴。终于，陈子昂带着琴去到了那里。然而，令所有人意想不到的是，他将胡琴举过头顶，在人们惊愕的眼神中将其摔得粉碎。

其后，陈子昂朗声说道："鄙人陈子昂饱读诗书，来到京城后处处受人冷遇。没想到，弹琴本是雕虫小技，却如此受瞩目。今日摔琴，只为让各位读一读我的诗文。"说完，他将自己抄录好的诗文分发给众人。已被他的狂放不羁吸引的人们，再读他的诗文，甚觉与众不同。这便是"伯玉摔琴"的故事。不久后，京兆司功王适读了陈子昂的诗，盛赞道："是必为海内文宗！"

多年后，杜甫来到陈子昂故里，写诗说："位下曷足伤，所贵者圣贤。有才继骚雅，哲匠不比肩。公生扬马后，名与日月悬。"又过了许多年，白居易诗云："杜甫陈子昂，才名括天地。"

唐睿宗文明元年（684），陈子昂第三次参加科举，终于进士及第。当时，武则天当政，陈子昂颇受赏识，被授予麟台正字之职，后来又升任右拾遗。

陈子昂是春风得意地步入魏阙的。他以为，走入仕途，便可以施展抱负，实现治国平天下的理想。作为言官，一腔热血、慷慨正直的他，曾多次直言进谏。因为耿介，他得罪了不少朝廷重臣，甚至也得罪了武则天。武则天重用酷吏，许多忠直之臣受到迫害，陈子昂上书劝谏；武则天打算开凿蜀山，借此攻打羌人，陈子昂又上书谏言，反对劳民伤财。他也因此渐渐受到武则天的冷落。

当时，朋友们都劝陈子昂，要学会圆融，不可太过耿直。但是天性率直的陈子昂学不会迂回，见到不平之事便会直谏。如此，他在官场的日子越来越艰难。武则天对他不满，朝臣对他多方排挤。后来，陈子昂受反对武则天的"逆党"牵连入狱。再后来，他虽获释，却再未受到重用。

仕途之上，从来都是灯火暗淡。性情孤傲清绝之人，都难以立足。偏偏，陈子昂正是这样的人。对于官员的贪赃枉法，对于武则天的倒行逆施，他都直言进谏，结果可想而知。

从某种意义上说，人都是孤独的。

身在仕途的人，更是孤独得不可言说。

那时候，女皇武则天气定神闲地指点着江山，万民仰视。有人战战兢兢、如履薄冰，便有人以身犯险、以死谏言。陈子昂属于后者。可惜，他的谏言大都不被采纳，只换来厌恶和痛恨。

在陈子昂得罪的人之中，包括炙手可热的权臣武三思。圣历元年（698），陈子昂厌倦了仕途，以父亲年迈为由辞官归里。不久后，父亲去世。守丧期间，对陈家财产垂涎已久的县令受武三思指使，罗织罪名迫害陈子昂。最终，陈子昂入狱。在狱中，陈子昂为自己卜卦，然后凄然道："上天弃我，我命不久矣！"久视元年（700年），四十二岁的陈子昂死于狱中，一代才子的人生就此落幕。一年后，李白和王维出生；十二年后，杜甫出生。

属于大唐的酒，始终有人饮。

而诗，也总有人在吟唱。

只是，他已不在。

3

天地悠悠,岁月凄迷。

我们是自己的路,亦是自己的风景。

陈子昂走了,但是背影仍在。

他是大唐诗风改革的先驱,自他以后,大唐诗风渐渐褪去了六朝绮靡。《新唐书·陈子昂传》中写道:"唐兴,文章承徐、庾余风,天下祖尚,子昂始变雅正。"刘克庄《后村诗话》称:"唐初王、杨、沈、宋擅名,然不脱齐梁之体,独陈拾遗首倡高雅冲淡之音,一扫六代之纤弱,趋于黄初、建安矣。"纪晓岚在《四库全书总目》中写道:"唐初文章,不脱陈隋旧习,子昂始奋发自为、追古作者。"

陈子昂喜爱古体,后来李白也钟情于古体诗。

陈子昂最为后世推崇的,是那首《登幽州台歌》:

前不见古人,后不见来者。
念天地之悠悠,独怆然而涕下。

幽州台即蓟北楼,其遗址在今北京。当年,燕昭王修建这座黄金台,意在招贤纳士。其后,乐毅、邹衍等人前往投奔。燕昭王曾与众贤士在此台之上把酒高歌,纵论天下。有众位贤达辅佐,燕国得以复兴。可惜,千年以后,陈子昂未遇见燕昭王那样的贤君。

武则天万岁通天元年(696),契丹叛乱,建安王武攸宜奉命征讨,陈子昂随军出征。武攸宜为武则天的侄子,养尊处优,对兵法之事知之甚少。作为随军参谋,陈子昂多次出谋划策,皆被武攸宜无视。

许是某个黄昏，苦闷的陈子昂登上了幽州台。残阳如血，他独立古台，莫名的孤独感侵袭而来。遥想着当年燕昭王与众谋士把酒畅谈的情景，甚觉凄凉。于是，抚今追昔，他写下了那首《登幽州台歌》。

红尘辽阔，大地荒凉。

千余年后，他的身影似乎仍旧立在那里。

孤独，是一场跨越千年的盛宴。

天地今古，不见知音。他的孤独无处言说。

陈子昂愿意将自己的一切献给大唐王朝。可惜，彼时的大唐已被武则天改为大周。陈子昂纵然寻遍红尘，也找不到他的知己。他的才华与抱负，注定无处施展。剩下的，便只有孤独。在返回洛阳途中，陈子昂又写了首《登泽州城北楼宴》：

平生倦游者，观化久无穷。复来登此国，临望与君同。
坐见秦兵垒，遥闻赵将雄。武安君何在，长平事已空。
且歌玄云曲，衔酒舞熏风。勿使青衿子，嗟尔白头翁。

当时，武攸宜不仅不采纳陈子昂的建议，还将其贬为下级军曹。在陈子昂看来，武攸宜兵败，几乎可与战国时期赵国的长平兵败相提并论。

此后，陈子昂对仕途已不抱希望。他借故辞官回到故里，整日读书，也研究炼丹之术，常与卢藏用往来。陈子昂蒙冤离世后，卢藏用将其诗文收集整理为十卷《陈子昂文集》。斯人已逝，每每读到故友的诗文，卢藏用都无比难过。

四十余年，如流星划过天际，只是一刹那。但在唐诗的版图中，他是不可或缺的一角。他的才情，他的孤独，都在时光深处闪耀着。

"感时思报国，拔剑起蒿莱"是他；"每愤胡兵入，常为汉国羞"是他；"平生闻高义，书剑百夫雄"是他。他是个书生，但不只是个书生。只是，长剑在手，寒光起落，划不破暗淡流光。他终是孤独的。

唐诗里有无数美丽的画面，也有无数凄凉的情节。但是，我们总会在不经意间想起那个画面：茫茫宇宙间，荒草蔓延的幽州台上，一个身影遥望天地，暗自神伤。前不见古人，后不见来者，那样的孤独是时光无法湮灭的。

林 逋
疏影横斜水清浅，暗香浮动月黄昏

1

总有人，回归自我，深居简出。

总有人，远离尘嚣，去到林泉山水之间。

隐居，是许多人向往的生活。只是，身在红尘之中，少有人能够舍弃花花世界，去到寂静的地方，与山水草木为邻。毕竟，隐居的日子看似美好，却有人们难以承受的孤独。

林逋是真正的隐者。他将自己的一切交给了孤山，安于寂静。与他比邻而居的，只有山水云烟；与他诗酒酬酢的，往往是清风明月。在这样的生活里，他是丰盛和欢喜的。人们羡慕他的生活，称他为和靖先生。王家治曾写过一副对联：

第三桥是苏学士堤，问夹浦垂杨，可比老梅冷淡；
不数武有岳鄂王墓，慨中原战马，何如野鹤逍遥。

这副对联，上联以西湖苏堤的杨柳来衬托梅花的高洁冷傲，下联用岳武穆戎马关山来对比林逋隐居生活的自在逍遥。很显然，对于林逋的生活和性情，王家治都无比欣赏。隐居的生活里，有孤独也有风雅，有寥落也有逍遥。

喜欢一句诗：幸有我来山未孤。

对孤山来说，林逋是千年难遇的故人。

因为林逋曾隐居于此，孤山并不孤独。

林逋早已离去，但岁月深处，有他来去于西湖云水的身影。千年以后，立于孤山之上，眼中所见尽是残山剩水。那是岁月远去后留下的荒凉。然而，仔细聆听，似乎仍能听到鹤鸣之声。

如今的孤山上，还有林逋的坟茔。坟茔之侧有鹤冢，周围植有梅花。"梅林归鹤"为西湖十八景之一。少了那诗人照看，孤山就像没了主人，甚是寥落。

林逋少时孤贫，喜欢读书，诸子百家无所不读。年岁渐长，他喜欢上了填词作诗。他生性恬淡，对功名利禄了无兴致。曾经，他也是个白衣翩翩的少年。不过，他不喜繁华，总在江南云水间游走。裘马轻狂的年岁，他过的是流连诗酒的生活。他喜欢独自乘舟，来去于江上；他也喜欢三两好友，共酌于云下。

他出生时，正是北宋王朝蒸蒸日上之时，也是许多人实现宏伟抱负之时。然而，林逋不曾参加科举，更不曾留恋功名。他通晓百家经史，诗词歌赋无所不精。才华横溢，却又不愿为官，无异于锦衣夜行，但他从不后悔。这源于他孤傲淡泊的性情。

他喜欢寂静、散淡的生活。而且，他深知，官场之中，鬼蜮横行，多的是钩心斗角，少的是清净自在。他不愿将自己交给官场，让性情遭受磨折。他知道，多年前的陶渊明，虽数次入仕为官，终因不愿为五斗

米折腰而辞官归里。既然如此，不如干脆隐于山野，绝了为官之念。林逋喜欢山水，他写过多首山水田园诗，比如这首《小隐自题》：

竹树绕吾庐，清深趣有余。
鹤闲临水久，蜂懒采花疏。
酒病妨开卷，春阴入荷锄。
尝怜古图画，多半写樵渔。

竹径茅庐，野鹤闲花。

日子在他手中，像是一首诗。

平平仄仄之间，尽是清朗与快意。

林逋喜欢那样的日子。许多人为了浮名虚利搭上了一生的时光。而他，从年轻时开始就过着临山近水的日子。在别人为科举苦心孤诣、奔忙不息的时候，他独坐云水之间，饮着小酒填词作诗。

不惑之年，林逋选择了远离尘嚣，退隐孤山。苏东坡说，江山风月本无常主，闲者便是主人。对西湖的山水来说，林逋是知己，亦是永远的主人。在孤山，在西湖的水边，林逋是完全属于自己的。他无须为了仕进曲意逢迎，也无须为了生存虚与委蛇。遗世独立，他活得最真实。

因为有诗有酒，他从不觉得寥落。

他曾独自去到孤山寺，饱览佳景后，尽兴而归。

那日，他作了首《孤山寺端上人房写望》：

底处凭阑思眇然，孤山塔后阁西偏。

阴沉画轴林间寺，零落棋枰莳上田。
秋景有时飞独鸟，夕阳无事起寒烟。
迟留更爱吾庐近，只待重来看雪天。

夕阳西下，炊烟袅袅。
归去的路上，他已想好了重来之时。
那时候，或许会有一场雪。

2

箪食，瓢饮，陋巷。
这样的日子，颜回自得其乐。
自然，那样的乐趣，是少有人知的。

四十岁，许多人功业之心正浓。而生性淡泊的林逋，已在孤山结庐而居。那里，有碧波扁舟，有斜阳草树，也有他喜欢的清静和风雅。他是位纯粹的诗人，可以从人海中遁出，回归自我。因为无心于名利，隐居的生活极是快活。对他来说，四海列国、三千繁华，抵不上孤山的一片云。

总有人说，等赚到足够的钱，便去往山水之间，过素净平淡的生活。然而，真正将自己交给山野林泉的人寥寥无几。存着那种想法的人，永远做不了陶渊明。首先，他永远无法满足自己的欲望；其次，他既舍不下繁华，也忍受不了隐居生活的单调与寂寥。陶渊明辞官退隐，并非能确定自己余生衣食无忧。隐居之后，他时常清贫，连酒都买不起。事实上，富贵之人心有牵绊，无法真正归隐。

隐居，应该是性灵的回归，而不只是身体的隐遁。

隐居，首先需要心性恬淡，其次必须有丰盈的精神世界。否则，隐于山野，很容易觉得空虚无味。一个精神世界贫乏的人是无法隐居的。总有人面对明山净水，却觉得索然。而同样的物事在诗人眼中，却是无与伦比的风景。

风景只为懂得的人而存在。

心中有风景，才能得见风景。

灵魂富足的人，可以于平淡之中独得诗意。

隐居，并非无所事事，而是将简单的生活过得有味道，于寂静处独自热闹。因此，隐居的人，必须有事可做。《小窗幽记》里写道："眉上几分愁，且去观棋酌酒；心中多少乐，只来种竹浇花。"莳花种草，饮酒对弈，这只是隐居生活的一部分。晚唐诗人杜荀鹤写过一首《题衡阳隐士山居》：

闲居不问世如何，云起山门日已斜。
放鹤去寻三岛客，任人来看四时花。
松醪腊酝安神酒，布水宵煎觅句茶。
毕竟金多也头白，算来争得似君家。

停云待月，听风观雨。

这些，都是隐居者的乐趣所在。

对林逋来说，生活从不曾苍白。隐于孤山，他可以读书写诗，可以烹茶煮酒，也可以漫步于湖山之间。孤山，春有染柳烟浓，夏有荷叶田田，秋有一帘明月，冬有落雪如诗。

林逋喜欢写诗，也喜欢书法。他不似张旭那般狂放，但也曾带着几分酒意挥毫。陆游评价他的书法："君复书法高胜绝人，予见之，方病不药而愈，方饥不食而饱。"明代的沈周写诗说："宛然风节溢其间，此字此翁俱绝俗。"当然，对林逋来说，书法和写诗、饮酒无异，皆是怡情悦性之事。

他喜欢梅花。有人说，他在孤山上种了三百多株梅树，欣赏梅花之余也将梅子出售，以供生活所需。也有人说，他只种了一株梅树。除了植梅，他也喜欢养鹤。他曾对人说，梅花为妻，白鹤为子。显然，这是一位纯粹的诗人才有的境界。他最为人称道的，是那首《山园小梅》：

众芳摇落独暄妍，占尽风情向小园。
疏影横斜水清浅，暗香浮动月黄昏。
霜禽欲下先偷眼，粉蝶如知合断魂。
幸有微吟可相狎，不须檀板共金尊。

疏影横斜，暗香浮动。
傲霜的梅花，像极了那诗人的性情。
欧阳修在诗中写道："浅深红白宜相间，先后仍须次第栽。我欲四时携酒去，莫教一日不花开。"可惜，他写这首诗的时候，林逋已离世。欧阳修无缘与那孤绝的才子对酌。

其实，林逋并不总是独来独往。山水之间，他有很多朋友，虽都是寂寂无闻之人，他却倾心相交。他喜欢三两好友造访，或许他也如杜甫那样，"花径不曾缘客扫，蓬门今始为君开"。三两好友，

把盏倾谈，自有一番情致。那次，灵皎大师从信州归来，林逋写了首《闻灵皎师自信州归越以诗招之》：

天师苍翠横金锡，地藏清凉掩竹扉。
千里白云随野步，一湖明月上秋衣。
诗寻静语应无极，琴弄寒声转入微。
我亦孤山有泉石，肯来松下共忘机？

白云明月，古琴闲诗。
茅庐之下，倾谈忘机，这才叫生活。
那次，林逋写了首《山中寄招叶秀才》：

夜鹤晓猿时复闻，寥寥长似耿离群。
月中未要恨丹桂，岭上且来看白云。
棋子不妨临水着，诗题兼好共僧分。
所忧他日荣名后，难得幽栖事静君。

云下水边，悠然对弈。
对林逋来说，那样的画面亦是别有意趣。
隐居的日子，他有很多事可以做。
有时候，林逋也喜欢走出茅庐，驾一叶扁舟，漫游山水。他也喜欢去到深山古刹，与高僧倾谈人生世事。当然，他也喜欢去到朋友家里，与之把酒言欢。那时候，倘若家中有客造访，童子会将白鹤放飞，他看到后便会乘舟而归。

对于浮世虚名，林逋从不在意。他写诗从不留存，往往随手丢弃。苦吟一首诗，却又弃如敝屣，也就只有他能如此。人们问他原因，他说，生前已无心于声名，更何况是身后。幸好，他的不少诗词被有心之人抄录，得以流传于世。

大中祥符五年（1012），宋真宗听说了林逋，以财帛相赐，还特意嘱咐杭州官员对他多加照拂。其后，不少人劝林逋出仕，都被他婉言拒绝了。他说，生于尘世，不为功名利禄，只愿与青山绿水相伴终身。暮年，他在茅庐之侧为自己筑好了坟茔，还写了首《自作寿堂因书一绝以志之》：

湖上青山对结庐，坟前修竹亦萧疏。
茂陵他日求遗稿，犹喜曾无封禅书。

当年，司马相如去世后，汉武帝在他家中找到一卷谈及封禅之事的书。写这样的书，无非是为了功名。而林逋不屑于此。世间浮名，他都没有兴趣。

六百多年后，张岱来到了杭州。那个冬天，他寄住于西湖之畔。大雪纷飞之日，他如那雪夜访戴的王子猷一样，驾一叶扁舟，独往湖心亭看雪。在湖心亭，他见到几个人在围炉对酒。虽不相识，他还是受邀饮了几杯。那日的雪中，皆是性情中人。

可惜，隔着六百多年，张岱无缘与林逋相识。尽管如此，张岱还是作了一副对联："云出无心，谁放林间双鹤；月明有意，即思冢上孤梅。"显然，他对林逋是无比仰慕的。

风邻月友，鹤子梅妻。

可以说，林逋的人生是无人可以复制的。

他是一位纯粹的、清绝的诗人。

3

人这一生，总要尽情地爱一次。

只有如此，方能知晓情之一字的分量。

有人说，林逋不曾娶妻，始终孑然；也有人说，他有过妻子，也有过孩子。可惜，关于他的人生，人们只知道他喜欢山水，四十岁后隐居孤山，二十年不入城市。除此之外，关于他生平的资料只如雪泥鸿爪。

多年后，金人入侵，大宋王朝南渡，定都于杭州。后来，孤山上许多古建筑被拆毁，建起了不少寺庙，只有林逋的坟茔被保留。再后来，南宋覆灭，有人掘开了林逋的坟茔，除了一方砚台和一支玉钗，别无他物。

一支玉钗是可以承载很多往事的。在白居易的《长恨歌》里，唐玄宗在赐死杨贵妃后，难忍相思之苦，便派临邛道士前去寻找那红颜的魂魄。终于，临邛道士找到了杨贵妃，临别时，她将当年的钿盒和金钗交给道士，让他交给唐玄宗，还说金钗和钿盒分作两半，她与唐玄宗各留一半。可惜，"天长地久有时尽，此恨绵绵无绝期"。生死相隔，他们终是无法重逢。

纳兰容若与表妹青梅竹马，两情相悦。后来，表妹被选入宫，纳兰饱受相思之苦，日渐憔悴。之后，适逢国丧，皇宫里大办法事，纳兰买通了一个僧人，换上僧服，混入了皇宫。混乱的人群之中,他看到了那个熟悉的身影。虽然隔着几道回廊,他还是能确定,那就是他日思夜想的表妹。恰在此时,表妹也发现了他。可惜,彼此相望,却是咫尺天涯。不久后,表妹含泪离去。她走得很慢,转过回廊的时候,似乎是故意叩了一下玉钗。回到家里,纳兰作了首《减字木兰花》:

相逢不语,一朵芙蓉著秋雨。小晕红潮,斜溜鬟心只凤翘。
待将低唤,直为凝情恐人见。欲诉幽怀,转过回阑叩玉钗。

或许,林逋坟茔中的那支玉钗也与爱情有关。以梅为妻,以鹤为子,这是人们熟悉的林逋。无人知道,在他年轻的时候,是否经历过一场爱情,或轰轰烈烈,或平淡如水。他作过一首《点绛唇》:

金谷年年,乱生春色谁为主?余花落处,满地和烟雨。
又是离歌,一阕长亭暮。王孙去,萋萋无数,南北东西路。

烟雨潇潇的日子,那场别离正在进行。
一别,便是关山迢递;一别,便是相见无期。
我们无从得知,那个离开的人到底是谁。
诗人,总是在坦荡中隐藏着许多无人知晓的心事。或许,林逋曾爱过一个女子。他们如纳兰与表妹一样,青梅竹马,两小无猜。后来,因为种种原因,他们无法结伴红尘。于是,那个女子便成了他心头的朱砂痣。从此,他不愿再爱。他们之间,仅有一支玉钗承载着温柔的往事。

有人说，青梅枯萎，竹马老去，从此我爱的人都像你。其实，也可以完全相反，倾尽一切爱过之后，爱无所爱，从此关闭心扉，不让任何人走入。

或许，年轻时，林逋曾邂逅一个眉目如画的女子，如《诗经》中所写："蒹葭苍苍，白露为霜。所谓伊人，在水一方。"他们彼此倾心，也曾诗酒酬唱。临别，他以一支玉钗为信物，与她约定了重逢之日。没想到，一别之后，音信杳然，他们再未重逢。在林逋看来，世间再无如她那般的女子。于是，他选择孑然一身，与青山白云为伴。他写过一首《长相思》：

吴山青，越山青，两岸青山相送迎，谁知离别情？
君泪盈，妾泪盈，罗带同心结未成，江头潮已平。

山水之间的送别，执手相看，泪眼迷离。

如今的人们，即使远隔几千里，也能很快相逢。而在千年以前，别离往往意味着山高水远，重逢难期。因此，离别有很多仪式，比如长亭送别，比如折柳相赠。不管怎样，离别总是伤感的。

或许，那日的林逋，送别的正是自己心仪的女子。一番凄凄切切，终于人各天涯。此后是否曾重逢，无人知晓。离别的时候，总有人说后会有期，然而，真实的情况是，很多离别最终都成了永别。人与人之间，往往看似近在咫尺，却又很遥远。

后来的许多年，林逋将痴情都给了梅鹤云山。

或许，倾情地爱过，他已无心再爱。

深情的终点，或许就是无情。

长安诗酒
汴京花

题 记

　　经国之才：历史大事件对国运的影响有多大？安史之乱后的元稹，靖康之变前的晏殊，他们二人皆为宰相，谁经国经得更难？

第三回合

元稹 PK 晏殊

哪个宰相鞠躬尽瘁

元 稹
曾经沧海难为水，除却巫山不是云

1

每个人，都如笔。

大千世界，则是画布。

看起来，我们在红尘走走停停、兜兜转转，时而相聚，时而别离，时而欢喜，时而悲愁，以自己为笔，画浮沉聚散，画沧海桑田。后来，终于发现，执笔作画的人，并非我们，而是那个叫"岁月"的不动声色的老者。

无论是谁，都走不出岁月。

我们只能与岁月同行，却又保持距离。

元稹这个人，后人对他多有指摘，说他负情薄幸，说他始乱终弃。属于他的那支笔，画出的人生是极其曲折的。但他，曾登上人生巅峰，在绝顶俯瞰风景。

他的诗让人爱不释手，比如"不是花中偏爱菊，此花开尽更无花"，比如"闲坐悲君亦自悲，百年都是几多时"，比如"唯将终夜长开眼，报答平生未展眉"。我欣赏的元稹，是位真正的诗人，以一支诗笔，描摹风花雪月，勾勒悲欢离合。

但他，又不只是位诗人。他追逐功名，在仕途摸爬滚打多年，屡遭贬谪，然而屡败屡战，最终登上了宰相之位。那是他的理想。只是，站在最高处，他回头细想，终于明白，声名不过是过眼烟云。最重要的，其实是诗酒和朋友。

唐代宗大历十四年（779），元稹出生于洛阳。八岁时，父亲离世，由母亲督促和教导他读书。那时候的元稹，"两耳不闻窗外事，一心只读圣贤书"。他很清楚，要想改变命运，只能发奋读书，参加科举考试。

唐代的科举，分明经科和进士科等，前者较后者容易许多。十五岁时，元稹参加明经科考试登第。然而，登第之后的他多年未获得官职。那些年，他滞留长安，继续苦读。闲暇之余，他也游走于长安郊野，赏景写诗。

贞元十九年（803），元稹参加书判拔萃科考试，获第四等，被任命为秘书省校书郎。在那次考试中，元稹结识了比他年长七岁的白居易，两人一见如故，成了终身至交。

三年后，校书郎任期已满。按照当时规定，要想继续做官，要么获得官员推荐，要么再去参加制举考试。元稹和白居易在华阳观潜心苦读数月，然后走入了制举考试的考场。最终，他们皆顺利通过。元稹被任命为左拾遗。白居易则因为策论言辞过于犀利，被任命为盩厔县尉。

在左拾遗任上，元稹因为屡次上表抨击权贵，树敌不少。结果，他被贬为河南县尉。彼时，母亲离世，他开始了近三年的丁忧岁月。三年后，他被任命为监察御史，还奉命出使剑南东川。出使期间，他平反了不少冤案，却也触犯了很多旧官僚的利益。回朝以后，元稹被外放至洛阳，分务东台（即洛阳的御史台）。

官场，向来是一个深不见底的地方。

年轻的元稹，还未学会进退趋避，难免碰壁。

更让他悲伤的是，妻子突然离世。真实的生活就是如此。有时候，给你寒风凛冽，还要给你骤雨倾盆。当然，有时候又相反，给你丽日斜风，又给你流水潺潺。妻子不幸离世，元稹悲痛欲绝，他写了几首《遣悲怀》，以下为其一：

谢公最小偏怜女，自嫁黔娄百事乖。
顾我无衣搜荩箧，泥他沽酒拔金钗。
野蔬充膳甘长藿，落叶添薪仰古槐。
今日俸钱过十万，与君营奠复营斋。

元和五年（810），河南尹房式（房玄龄之后）触犯刑律，元稹上书请求惩罚，结果惹怒了不少官僚，他被召回长安。

回京的路上，路过华州时，已是黄昏时分，他决定宿于敷水驿（今陕西华阴西南）。那日晚上，宦官仇士良等也来到了敷水驿。因为备受皇帝宠幸，仇士良竟蛮横地要求元稹把上房让给他。元稹性情倔强刚直，严词拒绝。结果，仇士良命令手下宦官将元稹毒打了一顿，还将他的随身物品全部扔了出去。元稹无力抗衡，只得伺机逃走。

事情并未就此结束。仇士良回京后恶人先告状，上书唐宪宗，要求惩罚元稹。元稹刚回到长安，就接到了被处罚的圣旨，他被贬为江陵士曹参军。白居易等人上书陈述元稹无罪，同时指责宦官横行霸道，均无果。

性格豪爽的人，历来难容于朝野。

倒是那些善于曲意逢迎的人，总是扶摇而上。

朝堂之上，少的是清明，多的是昏暗。

元和十年（815），元稹曾回到朝廷。那段时间，白居易、刘禹锡、柳宗元等人皆在长安，他们时常相聚，诗酒唱和。可惜，不久后，他们就都被贬出了京城。元稹被贬至通州（今四川达州）。临行前，元稹写了首七绝，甚是感慨：

今朝相送自同游，酒语诗情替别愁。
忽到沣西总回去，一身骑马向通州。

元稹在通州的日子甚是潦倒。不仅如此，他还曾患疟疾，几乎丧命。困顿时，他只能给好友白居易、刘禹锡等人写信，得几分慰藉。他在写给白居易的《酬乐天得微之诗知通州事因成四首》中写道：

哭鸟昼飞人少见，怅魂夜啸虎行多。
满身沙虱无防处，独脚山魈不奈何。
甘受鬼神侵骨髓，常忧岐路处风波。
南歌未有东西分，敢唱沧浪一字歌。

在通州四年后，元稹再次被召入朝中，担任膳部员外郎。那时候,宰相令狐楚对他甚是赏识,将他与南朝诗人鲍照和谢朓相提并论。唐穆宗即位后,元稹先后任知制诰、中书舍人、工部侍郎等职。长庆二年(822),元稹如愿登上了宰相之位。不过,由于李逢吉觊觎宰相之位,诬陷元稹有谋害裴度之嫌,结果,元稹被贬为同州(今陕西大荔)刺史。

人生,本就是有起有落。

就像花有开便有谢,月有圆就有缺。

最重要的是,无论身在何处,都能淡然视之。

次年,元稹调任浙东观察使兼越州刺史。作为地方官,他与白居易相似,心系百姓,尽其所能造福于民。在浙东,他下令修筑陂塘,发展农业,政绩卓著。

后来,元稹曾入朝担任尚书左丞、御史大夫等职。因为受李宗闵排挤,他又被迫离开京城,任鄂州刺史、武昌军节度使。

大和五年(831)七月,元稹因病离世。一生的悲欢离合、浮沉起落,尽数化作了云烟。为了功名,他习惯了倾轧,习惯了明哲保身,习惯了拉帮结派。那时候,他已找不到最初的自己。为了争权夺利,他活成了自己曾经讨厌的模样。

离开的时候,他终于了悟了人生。

是非恩怨、功名利禄,甚至抵不上一杯酒。

但是,他并不后悔。

2

孟浩然说:"欲取鸣琴弹,恨无知音赏。"

大千世界，要寻得一个知己，是很难的事情。

知己，是肝胆相照、心有灵犀。

经过人间，我们可以有很多朋友，与之觥筹交错、谈笑风生。但是，朋友再多，也抵不上三两知己。可以说，知己是我们心灵的属地，我们的悲喜冷暖，他都知道。因为知己难寻，所以辛弃疾说："不恨古人吾不见，恨古人不见吾狂耳。知我者，二三子。"

元稹与白居易，是一生的知己。即使人各天涯，他们也时常遥寄诗篇，互诉衷肠。据白居易回忆说，相识近三十年，他与元稹互赠诗篇达九百余首，通信近两千封。由此足见两人之情谊。

那年，元稹母亲离世，元稹离开了长安，白居易为元稹的母亲写了墓志铭。元稹离开后，白居易甚觉寥落，他写了首《别元九后咏所怀》：

零落桐叶雨，萧条槿花风。悠悠早秋意，生此幽闲中。
况与故人别，中怀正无悰。勿云不相送，心到青门东。
相知岂在多，但问同不同。同心一人去，坐觉长安空。

同心一人去，坐觉长安空。

知交离开，就仿佛整个世界只剩自己。

或许可以说，一个知己，就像一处归途。

对待朋友，元稹非常仗义。白居易丁母忧期间，生活窘困。那时候，元稹虽然也是囊中羞涩，还是数次给白居易寄去钱物。对白居易来说，元稹是最可靠的朋友。

三十一岁那年，元稹奉命出使东川。某日，白居易与好友李建把酒闲谈，突然忆起了元稹，作了首《同李十一醉忆元九》："花时同醉破春愁，醉折花枝作酒筹。忽忆故人天际去，计程今日到梁州。"那晚，远在梁州的元稹也忆起了白居易，写了首《梁州梦》："梦君同绕曲江头，也向慈恩院院游。亭吏呼人排去马，忽惊身在古梁州。"如此心有灵犀，着实让人羡慕。

三十七岁，元稹奉诏回朝。经过蓝桥驿，他写了《西归绝句十二首》，其中一首为："寒窗风雪拥深炉，彼此相伤指白须。一夜思量十年事，几人强健几人无？"数月之后，白居易被贬为江州司马。在蓝桥驿，他见到元稹的题诗，感慨之余，写了首《蓝桥驿见元九诗》：

蓝桥春雪君归日，秦岭秋风我去时。
每到驿亭先下马，循墙绕柱觅君诗。

正所谓，见字如面。
看到元稹的题诗，便如见到了他本人。
而且，白居易要一路感受元稹当时的心情。
白居易被贬江州，元稹闻讯后，作了首《闻乐天授江州司马》：

残灯无焰影幢幢，此夕闻君谪九江。
垂死病中惊坐起，暗风吹雨入寒窗。

无论何时，他们都在关注对方的悲喜。
所谓知己，不仅是两心相知，更是生命对生命的关照。

你若身处苦寒，我便愿意化为柴火，让你取暖。

我想，只有这样，才算得上真正的知己。

当年，元稹被贬江陵，白居易在诗中写道："枕上忽惊起，颠倒著衣裳。开缄见手札，一纸十三行。上论迁谪心，下说离别肠。心肠都未尽，不暇叙炎凉。"在通州时，某次元稹收到白居易的来信，激动之余，写了首《得乐天书》：

远信入门先有泪，妻惊女哭问何如？
寻常不省曾如此，应是江州司马书。

那几年，白居易在江州，元稹在通州，两人时常遥寄书信，相互慰藉。某几个夜晚，白居易连续梦见元稹，便写了首《梦微之》寄给元稹。

晨起临风一惆怅，通川溢水断相闻。
不知忆我因何事？昨夜三回梦见君。

收到书信后，元稹先是觉得欣慰，继而因为自己不曾梦见白居易而失落。他写了首《酬乐天频梦微之》。

山水万重书断绝，念君怜我梦相闻。
我今因病魂颠倒，唯梦闲人不梦君。

元和十四年（819）春，在前往忠州的路上，白居易在夷陵

（今湖北宜昌）与元稹不期而遇。他乡遇故知，两人皆是老泪纵横。把酒酬唱后，两人同榻而眠。

次日，他们偕同白居易的弟弟白行简游赏。所到之处，他们总会驻足赋诗。几日后，江畔作别，两人都甚是感伤。白居易在诗中写道："往事渺茫都似梦，旧游零落半归泉。"他还说："未死会应相见在，又知何地复何年？"

一别，便是各自天涯。

此后，纵然能相见，也不知是何年何月。

难怪江淹说："黯然销魂者，惟别而已矣。"

元稹离世前，还写了首《寄乐天》：

无身尚拟魂相就，身在那无梦往还。
直到他身亦相觅，不能空记树中环。

若有来生，你我还做知己。

真正的知己，仅有一生是远远不够的。

元稹去世后，白居易为他写了祭文，他在祭文中写道："三界之间，孰不生死？四海之内，谁无交朋？然以我尔之身，为终天之别；既往者已矣，未死者如何？呜呼微之！六十衰翁，灰心血泪，引酒再奠，抚棺一呼。"写着写着，已是泪眼模糊。往事涌上心头，白居易心如刀绞。

开成五年（840），元稹已离世九年。一日清晨，六十九岁的白居易从梦中惊醒。原来，在梦中，他见到了元稹，他们携手花间，把盏云下。悲伤之余，白居易作了首《梦微之》，他在诗中写道：

"君埋泉下泥销骨,我寄人间雪满头。"

那些年,白居易不敢忆起从前。

但那些把酒临风的画面,总会不经意间浮上心头。

每次想起,他都会黯然神伤。

3

任何人,有人赞誉,就有人贬斥。

世人对于元稹,似乎是贬斥多于赞誉。

人们对他多有诟病,说他用情不专,负心薄情。

甚至,人们因此忽视了他的卓绝才情。

在元稹的人生中,的确有几段若有似无的情事。人们在他的诗文里找到了证据,便以此做武器,群起攻之。其实,在我看来,元稹一生真正爱过的,只有发妻一人。其他女子,都不过是漂过他心湖的浮萍。

年轻时,元稹曾在蒲州任职。人们说,在那期间,他曾与远房表妹崔双文相爱。崔双文是个才貌兼具的女子,与元稹算得郎才女貌。但是后来,元稹离开崔双文,娶了韦丛为妻。这是人们诟病元稹的很大原因。元稹曾创作传奇小说《莺莺传》,讲述了张生与崔莺莺的爱情悲剧。元代王实甫的《西厢记》便是以这本小说为蓝本的。人们都说,《莺莺传》里的张生与崔莺莺,正是以元稹和崔双文为原型的。

白居易曾作有《井底引银瓶》一首,结尾写道:"为君一日恩,误妾百年身。寄言痴小人家女,慎勿将身轻许人!"许多人猜想,白居易写这首诗，是因为元稹辜负了崔双文，而他自己辜负了湘灵。

  元稹与才女薛涛有过一段情缘。[①]那年，元稹出仕剑南东川，在某次筵席上遇见薛涛，两人一见如故。那些天，他们时常相聚，把酒论诗。但是，元稹终究还是离开了蜀中。离开后，两人也曾音书往来，但故事却是无疾而终。元稹曾写过一首《寄赠薛涛》：

  锦江滑腻蛾眉秀，幻出文君与薛涛。
  言语巧偷鹦鹉舌，文章分得凤凰毛。
  纷纷辞客多停笔，个个公卿欲梦刀。
  别后相思隔烟水，菖蒲花发五云高。

  后来，薛涛终于死心了。

  她洗尽铅华，在浣花溪畔过起了素净的日子。

  人们说，元稹与刘采春也有一段故事。元稹担任越州刺史时，与刘采春相遇，两人经常诗酒相酬。然而，他们之间的故事仍是不了了之。元稹作有《赠刘采春》：

  新妆巧样画双蛾，谩里常州透额罗。
  正面偷匀光滑笏，缓行轻踏破纹波。
  言辞雅措风流足，举止低回秀媚多。
  更有恼人肠断处，选词能唱望夫歌。

[①] 据周相录《元稹年谱新编》（上海古籍出版社），此事为误传，且《寄赠薛涛》诗著作权归属存疑。——编者注

不过，这些事大都为野史所记，真假难辨。可以确定的是，二十五岁那年，元稹娶了京兆尹韦夏卿之女韦丛。韦丛温婉可人，元稹风流俊逸，可谓天作之合。婚后，他们琴瑟和鸣，如胶似漆。

　　他们的生活里，有琴有书，有诗有酒，自然还有风花雪月。对韦丛来说，只要在元稹身边，哪怕是粗茶淡饭、布衣荆钗，她也愿意。而元稹，愿意呵护着这个小女子，直到生命尽头。执子之手，与子偕老，是他们共同的愿望。

　　但是，谁都避不开世事无常。

　　越美好的事物，越经不起岁月洗礼。

　　花开得再好，也有凋零的时候。

　　元稹三十一岁那年，妻子韦丛猝然离世。他们曾经鹣鲽情深，突然间只剩他一个人，孤单地留在尘世。那些日子，元稹肝肠寸断，日日以泪洗面。但他没办法，生活只如谜题，谁都没有答案。他只能含着泪写诗。

闲坐悲君亦自悲，百年都是几多时。
邓攸无子寻知命，潘岳悼亡犹费词。
同穴窅冥何所望？他生缘会更难期。
唯将终夜长开眼，报答平生未展眉。

　　生离死别之际，人们总会说起来生。

　　若真有来生，许多缘分便能再续，许多故事便能圆满。

　　可惜，所谓的来生太过缥缈，无处找寻。

　　我们能做的，只有珍惜此生。

元稹最著名的诗,莫过于那首《离思》:

曾经沧海难为水,除却巫山不是云。
取次花丛懒回顾,半缘修道半缘君。

最爱的那个女子已去,世间再无可心之人。

就好像,看过了最美的风景,世间便再无风景。

后来,元稹又娶了妾室安氏,安氏也早逝。其后,元稹又续娶了裴淑。裴淑温柔贤惠,也能成全元稹红袖添香的愿望。然而,他的爱和温柔,已给了那个叫韦丛的女子。在韦丛去世后,其他女子都只是路过的风景。

不管怎样,他已远去。

世人的赞誉和贬斥,都不会有回音。

终究,我们都在故事之外。

晏殊
天涯地角有穷时，只有相思无尽处

1

他是个天才。

仕途之上，他扶摇而上，做到了宰相。

但他，却是以词人的身份为世人所熟知的。

他便是晏殊，晏几道的父亲。倘若他只是个官员，即使位极人臣，恐怕也难以被岁月铭记。但他不只是个官员，更是个吟风弄月的词人。他的词婉约清丽，让人爱不释手，比如这首《破阵子·春景》：

燕子来时新社，梨花落后清明。池上碧苔三四点，叶底黄鹂一两声。日长飞絮轻。

巧笑东邻女伴，采桑径里逢迎。疑怪昨宵春梦好，元是今朝斗草赢。笑从双脸生。

岁月深处，很多填词写诗的人，即使身份低微，也总会被历史铭记，因为他们的笔下有大千世界，有烟雨湖山，有人们喜闻乐见的悲欢离合。晏殊应该庆幸，身处仕途，从未放下那支能写出清词丽句的笔。

晏殊出生于宋太宗淳化二年（991）。他自幼聪颖无比，七岁便能作文章，被誉为神童。据说，很小的时候，晏殊就作过一首诗："白塔青松古道栖，塔高松矮不能齐。时人莫讶青松小，他日松高塔又低。"江南安抚使张知白见他才华出众，便将他推荐给了朝廷。在汴京，晏殊与千余人一起参加殿试，从容地完成了答卷，被宋真宗赐予同进士出身。那年，晏殊才十四岁。

当时，宰相寇准不喜南方人，因为晏殊来自江西，想打压晏殊。真宗说："朝廷用人，只论才华，岂能以地域取人？当年的张九龄，不也是南方人吗？"不久后，晏殊又参加了诗赋考试，见了题目，他说："这些题我都做过，请换别的题。"他顺利通过了考试，被授予秘书省正字之职。一年后，他又转任太常寺奉礼郎。

那时候，比晏殊大一岁的张先还在人海深处茫然，不知前程几何；比晏殊大四岁的柳永已经来到了汴京，虽然自问才情不输任何人，却只能混迹风月场。而晏殊，已经受到皇帝的赏识，顺利走上了仕途。他已抵达了许多人一生难以抵达的高度。

人世间，总有些事看起来很不公平。

就像登山，你刚出发，别人已在山腰看风景了。

很多时候，我们只能在不公平里寻找公平。

那时的大宋王朝，正是承平之时，朝廷官员闲暇时常举行饮宴。晏殊却总是闭门读书。真宗得知情况后，夸赞他心性淡静，不喜游宴，晏殊如实相告，说他并非讨厌饮宴，而是囊中羞涩。其后，晏殊成了太子赵祯的老师,先后任户部员外郎、太子舍人、知制诰等职。那时候,他如别的官员,也时常参加饮宴活动,与众人推杯换盏。饮宴之时,他写过一首《清平乐》:

秋光向晚,小阁初开宴。林叶殷红犹未遍,雨后青苔满院。
萧娘劝我金卮。殷勤更唱新词。暮去朝来即老,人生不饮何为。

他也是个好酒之人。

于文人,酒杯便是一个世界。

不过,与许多狂放耿介的文人相比,晏殊的性格里多了几分圆融和沉稳。他懂得为官之道,明白进退趋避的道理。当然,他的谨小慎微,在那些狂傲之人看来,就是低眉顺眼、俯首帖耳。不过,因为这样的性格,晏殊的仕途虽有波折,总体还是较为平顺的。最终他做了宰相。

真宗驾崩后,年仅十二岁的赵祯即位,即宋仁宗。宰相丁谓和枢密使曹利用企图独揽大权,晏殊提出了由刘太后垂帘听政的建议。此后,他受到太后重用,先后任给事中、礼部侍郎等职。

晏殊讨厌懒散之人,一次在玉清宫,侍从来迟,他很是生气,便用笏板殴打侍从,使其掉了几颗牙齿。因为这件事,加上反对刘太后提拔张耆升任枢密使,晏殊被贬为宣州知府,不久后又改任应天知府。前往宣州的途中,他作了首《踏莎行》:

碧海无波,瑶台有路。思量便合双飞去。当时轻别意中人,山长水远知何处。

> 绮席凝尘,香闺掩雾。红笺小字凭谁附。高楼目尽欲黄昏,梧桐叶上潇潇雨。

不过,这样的波折并没有影响晏殊的仕途。很快,他就回到了朝廷,担任要职。五十二岁那年,晏殊升为宰相,位极人臣。

两年后,晏殊受到蔡襄和孙甫的弹劾,被贬为工部尚书,出任颍州(在今安徽)知府。晏殊之所以被弹劾,一个原因是,多年前他曾奉命为李宸妃撰写墓志。他在文中说,李宸妃只有一个女儿且早逝,刘太后离世后,仁宗得知李宸妃为其生母。另外,蔡襄和孙甫还弹劾晏殊与范仲淹、韩琦、富弼等人有结党营私之嫌。前去颍州的路上,晏殊作了首《木兰花》:

> 燕鸿过后莺归去,细算浮生千万绪。
> 长于春梦几多时,散似秋云无觅处。
> 闻琴解佩神仙侣,挽断罗衣留不住。
> 劝君莫作独醒人,烂醉花间应有数。

世事纷扰,越清醒就越痛苦。

倒不如狂歌痛饮,醉了前尘,也醉了将来。

此后多年,晏殊一直在外任职。直到至和元年(1054),晏殊因患病请求回京获准。回到汴京,晏殊仍受到仁宗的礼遇,享受着宰相的待遇。六十五岁,晏殊离世,仁宗特为他辍朝两日。

人生这场戏,不知不觉就到了谢幕之时。

唱念做打、起承转合,都在刹那间画上了句号。

世间的我们，皆是戏中人。

2

晏殊是个善于隐智藏锋的人。

不过，与朋友交往时，他也是个风雅之人。

对所有的文人来说，没有朋友是一件可悲的事。三两知己，围炉对酌，倾谈世事，始终是极美的事情。晏殊为官做到了宰相，但在仕途之外，他也是个不折不扣的词人。王琪、张亢与晏殊是至交，常与他吟诗饮酒。

对晏殊来说，王琪是很好的诗友。一次，他们对酌湖畔，晏殊感慨道："曾得一佳句，但是过了很久都没有下句。"王琪问他为何句，晏殊说："无可奈何花落去。"王琪思索良久，笑道："似曾相识燕归来。"两句相配，浑然天成，晏殊甚是钦佩。那首流传千古的《浣溪沙》便由此产生：

一曲新词酒一杯，去年天气旧亭台，夕阳西下几时回。
无可奈何花落去，似曾相识燕归来，小园香径独徘徊。

晏殊在仕途稳步高升，也希望朋友有个光明的前程。他向朝廷举荐王琪，使其出任馆职。另一个朋友张亢，才华虽不及王琪，但性情豪放，也是晏殊把酒酬唱的对象。

晏殊常与这二位好友携手同游，流连诗酒。一次，推杯换盏之际，王琪突然指着张亢言道："张亢触墙成八字。"意在取笑张亢体形壮硕。张亢立刻回击道:"王琪望月叫三声。"意在取笑王琪体瘦如猴。

另外一次,三人泛舟湖上,晏殊掌舵,王琪与张亢撑竹篙。船至桥下,撞到了桥墩,横了过来。王琪笑晏殊掌舵方向有误。原来,晏殊并不懂划船。桥上行人见此情景,皆哄笑不已,晏殊等三人甚是狼狈。尽管如此,那日的他们仍是快乐的。那时的晏殊,不是宰相,只是个不懂划船的文人。与朋友们相处,他不必战战兢兢,如履薄冰,那样的快乐是真实且无与伦比的。在朋友面前,他可以尽诉心中的冷暖和悲喜。

朋友,是很重的字眼。

很多时候,朋友就如我们的堡垒。

风雨凄凄的日子,我们可以在那里避风躲雨。

与必须谨言慎行的官场相比,晏殊更喜欢与朋友们尽情谈笑的岁月。只是,这样的生活毕竟难以长久。后来,朋友四散,他独酌花下,作了首《木兰花》,甚是感慨:

池塘水绿风微暖,记得玉真初见面。
重头歌韵响铮琮,入破舞腰红乱旋。
玉钩阑下香阶畔,醉后不知斜日晚。
当时共我赏花人,点检如今无一半。

晏殊仕途顺畅,也颇有识人之能。他身居高位,但并非嫉贤妒能之人。事实上,他很喜欢奖掖那些才华出众的后起之秀。范仲淹、欧阳修、王安石等人都受过晏殊的栽培和扶掖。不过,因为性情和政见不同,后来晏殊与范仲淹、欧阳修相处得不算融洽。

那年,晏殊任应天知府,闻范仲淹博学多才,便聘其到应天书院任职。经晏殊延誉,范仲淹很快声名大振。晏殊回朝后,推荐范仲淹做了秘阁校理。

天圣七年(1029),刘太后寿辰之日,仁宗打算率文武百官在大殿朝拜太后。范仲淹立即上书说,此举有损天子威严,若是为了尽孝道,于内宫行礼即可,不必率百官大张旗鼓地朝拜。生性谨慎的晏殊大为吃惊,批评范仲淹太过张扬和狂妄。范仲淹写了封长信,对晏殊说,身为臣子,就当直言相谏,不该阿谀逢迎。不久后,范仲淹被贬为河中府通判。

欧阳修考中进士那年,晏殊为主考官。因此,晏殊算是欧阳修的老师。不过,傲岸不群的欧阳修很是瞧不上行事谨慎的晏殊。

一年冬天,飞雪之日,晏殊在家里大摆宴席,很多朋友到场。席间,晏殊让大家写诗助兴。欧阳修作了首《晏太尉西园贺雪歌》,他在诗中写道:

晚趋宾馆贺太尉,坐觉满路流欢声。
便开西园扫径步,正见玉树花凋零。
小轩却坐对山石,拂拂酒面红烟生。
主人与国共休戚,不惟喜悦将丰登。
须怜铁甲冷彻骨,四十余万屯边兵。

那时,宋军正在与西夏军队交战。欧阳修的意思是,晏殊只顾自己热闹饮宴,不曾体恤边疆战士的饥寒苦楚。因为这件事,两人出现了龃龉,时常互相攻诘。晏殊说欧阳修文章虽好,但人品低劣;欧阳修则说晏殊小令尚可,文章很差,性格更是让人不齿。

庆历三年(1043),范仲淹、富弼等人推行新政,欧阳修为改革派主将,晏殊则是守旧派,反对改革。改革失败后,欧阳修被贬出京。因为心存芥蒂,晏殊也没有进言为欧阳修求情。尽管如此,欧阳修始终铭记着晏殊的提携之恩。

欧阳修在颍州任职时,写信给晏殊,感谢他的奖掖,还说多年来彼此间有些隔膜,走动太少。信的最后,欧阳修让晏殊保重身体。收到信的时候,晏殊正在饮宴,他只是简单地看了看,让书童替他回了封简短的信。从始至终,饮宴未停。而且,晏殊还对旁人说,欧阳修只是他贡举时的门生,如此回复已足够郑重。终究,他还是不肯原谅欧阳修。晏殊去世后,欧阳修作了三首挽诗,第三首是这样的:

富贵优游五十年,始终明哲保身全。
一时闻望朝廷重,余事文章海外传。
旧馆池台闲水石,悲笳风日惨山川。
解官制服门生礼,惭负君恩隔九泉。

明哲保身,正是晏殊的为官之道。

想必,怀念恩师的同时,欧阳修的心中不无鄙夷。

晏殊曾说,填词只是小道,他只将其当作消遣。的确,他位极人臣,受无数人羡慕。然而,仔细想想,他的为人处世并不值得炫耀,倒是他的词,足以光照千秋。他应该庆幸,他曾饮酒填词。我们拥有的某些东西,曾经被我们轻视,后来却照亮着我们的前尘往事。世事就是这般奇巧。

3

作为官员，晏殊官运亨通。

但是在感情的世界里，他历尽坎坷。

或许，这就是生活的公平。

晏殊二十一岁那年，父亲离世。没几年，母亲也因病离世。那时候，他虽扶摇直上，却是满心凄凉。生活便是这样，给你日光倾城，也会给你草木零落。

晏殊生平有过三位妻子，分别为李氏、孟氏、王氏。晏殊与李氏在最好的年岁相遇，相处甚洽，是人们艳羡的如花美眷。可惜，只是数年，李氏便病故了。之后，晏殊续娶了孟氏为妻。孟氏温柔贤惠，他们也是琴瑟和鸣的一双人。晏殊曾经想过，他们会携手走到最后。然而，十余年后，孟氏也因病去世了。

岁月对谁都一样，有温暖也有凄寒。

无论怎样，我们都只能默然接受，认真活着。

失去妻子，晏殊作了首《浣溪沙》：

一向年光有限身，等闲离别易销魂，酒筵歌席莫辞频。
满目山河空念远，落花风雨更伤春，不如怜取眼前人。

相逢如花开，离别如花落。

人生之中，有太多的离别，总在不经意间发生。

我们都应学会珍惜，缘来惜缘，缘去随缘。

失去孟氏后，年近不惑的晏殊又续娶了王氏为妻。与前两位妻子相比，王氏骄横跋扈，极是好妒。然而，正是这个女子，伴晏殊度过了漫长的岁月。

晏殊想要的温柔体贴，王氏没有。于是，晏殊的温柔给了舞姬歌女。据说，他与一位歌伎有情，还赐了她名字：萧娘。萧娘出身贫寒，能得晏殊垂青，她颇感幸运。自然，她愿意为晏殊弹琴煮酒，倾尽温柔。

不过，善妒的王氏不允许这样一个女子存在。不久后，王氏逼着晏殊离开萧娘。晏殊无奈，只得与萧娘作别。一日，好友张先到访，见萧娘不在，便作词说："望极蓝桥，但暮云千里，几重山，几重水？"萧娘去后，晏殊很是感伤，却只能将这心情写在词里，比如那首《清平乐》：

红笺小字，说尽平生意。鸿雁在云鱼在水，惆怅此情难寄。
斜阳独倚西楼，遥山恰对帘钩。人面不知何处，绿波依旧东流。

夕阳西下，独倚高楼。他不知道，那女子身在何处。他的孤独无处安放，也无处诉说。对一个词人来说，官做得再高，若是心无所恋，终是苦涩的。或许，晏殊那首著名的《蝶恋花》也是为萧娘所作：

槛菊愁烟兰泣露，罗幕轻寒，燕子双来去。明月不谙离恨苦，斜光到晓穿朱户。
昨夜西风凋碧树，独上高楼，望尽天涯路。欲寄彩笺兼尺素，山长水阔知何处。

明月无言，清光冰冷。

世间的许多事，只有明月知晓。

比如，诗人的心事。

那时候，思念入骨，晏殊却不知对谁说起。写了载满相思的词，却不知寄往何处。面对跋扈的王氏，他心里很苦。他只能在与萧娘的往事中找寻几分慰藉。可是，往事无法久居，他终要回到真实的生活中，继续寥落。因为离思难忍，他还作过一首诗：

油壁香车不再逢，峡云无迹任西东。
梨花院落溶溶月，柳絮池塘淡淡风。
几日寂寥伤酒后，一番萧索禁烟中。
鱼书欲寄何由达，水远山长处处同。

李商隐喜欢作无题诗，因为有些事只能意会不能言传。晏殊这首诗，也是曲折地表达了相思之情。油壁香车为古代女子所乘之车，苏小小诗云："妾乘油壁车，郎跨青骢马。何处结同心，西陵松柏下。"峡云则是指巫山上的云彩。宋玉在《高唐赋》里写到，巫山神女与楚王相遇，受到了楚王的临幸。分别时，神女说："妾在巫山之阳，高丘之岨，且为朝云，暮为行雨，朝朝暮暮，阳台之下。"李白诗云："云雨巫山枉断肠。"

很多时候，离别就是缘分的终结。

高山流水虽美，一旦离别，就成了山长水远。

往日越是美丽，后来就越是凄凉。

暮春时节，立尽残阳，也无法将离人唤回。隔着关山，音书难寄，晏殊只能独自将这悲伤饮下，独自寂寥。

绿杨芳草长亭路，年少抛人容易去。
楼头残梦五更钟，花底离愁三月雨。
无情不似多情苦，一寸还成千万缕。
天涯地角有穷时，只有相思无尽处。

的确，无情不似多情苦。只是，天性深情的人很难做到无情。做不到，就只能被思念吞噬。许多日子，晏殊遥望远方，不见萧娘的芳踪，无比落寞。他是天之骄子，但是在感情的世界里，他是个流浪者。

题 记

　　女人缘：花间词派鼻祖温庭筠，婉约词派男闺密柳永，试问："你（温庭筠）和你（柳永），究竟有几个好妹妹？"

第四回合

温庭筠 PK 柳永

至少有个女子为我哭

温庭筠
过尽千帆皆不是，斜晖脉脉水悠悠

1

他是位真正的诗人。

也可以说，他是个真正的词人。

他被尊为花间词派的鼻祖，他便是温庭筠。

温庭筠是唐初宰相文彦博的后裔。不过，到他这里，温氏一族早已没落。唐代科举要考士子的诗赋能力，夜试往往以三鼓为时限，要求考生作成八韵的律诗。对此，有人作对联嘲之："三条烛尽，烧残学士之心；八韵赋成，笑破侍郎之口。"

温庭筠才华横溢，文思敏捷。每次参加考试，他叉手八次便能完成八韵的律诗，因此被称作"温八叉"。不过，才情卓绝的温庭筠，却性情孤傲、放荡不羁。他喜欢写诗讽刺王侯贵胄，也喜欢流连于烟街柳巷。他得罪了很多权贵，因此郁郁不得志，寥落终身。

幸好，他有独属于自己的世界，那便是文字。作为花间词的代表，他的词婉约浓艳，与韦庄齐名，二人并称"温韦"。人生多舛，他就在酒和文字中安置那颗寥落的心。一首《菩萨蛮·小山重叠金

明灭》,浓艳而又清雅:

> 小山重叠金明灭,鬓云欲度香腮雪。懒起画蛾眉,弄妆梳洗迟。照花前后镜,花面交相映。新帖绣罗襦,双双金鹧鸪。

那个清晨,女子从梦中醒来,只有自己。

她懒得描画眉弯,起来许久才开始打理妆容。

一个女子,当她懒得打扮自己的时候,定是无人怜惜的时候。词中的女子便是如此,她睡眼惺忪,长长的鬓发拂过脸庞,美丽而孤独。那样的清晨,她只有孤芳自赏的份儿。在温庭筠的词里,这样的女子有很多,她们注定要在无处落脚的相思中老去红颜。在温庭筠的两首《梦江南》里,也有这样的女子:

> 梳洗罢,独倚望江楼。过尽千帆皆不是,斜晖脉脉水悠悠。肠断白蘋洲。
>
> 千万恨,恨极在天涯。山月不知心里事,水风空落眼前花。摇曳碧云斜。

伫立江楼,柔肠寸断;山月无声,落花无语。

她的寂寞与哀愁,终是无人知晓。终于,相思转成了恨。

那是一个人的地老天荒,漫长无际。

唐德宗贞元十七年(801),温庭筠出生于太原。九岁时,父亲离世,本就困苦的生活更是雪上加霜。温庭筠天生聪慧,喜欢读书。年岁渐长,他开始偏爱诗词。一颗诗心在时光里日渐成熟。

温庭筠十几岁时，曾跟随父亲的生前好友段文昌前往长安及江淮等地。他与段文昌之子段成式交情笃厚，常年结伴读书，有时也一起游赏风景。多年后，温庭筠与段成式结成了亲家。

大和九年（835），段文昌离世。三十四岁的温庭筠只身来到了长安。因为才华横溢，他受到了很多文士的赏识。而且，不少王孙公子也争相与他交往，其中就包括庄恪太子李永。温庭筠入长安是为了参加科举，他本以为，有庄恪太子的荐举，科举考试会是一片坦途。然而，不久后庄恪太子因沉湎风月、不思进取被皇帝禁足了，后来郁郁而终。

因为性情狂傲不羁，喜欢嘲讽权贵，温庭筠得罪了很多人。因此，他多次参加科考皆名落孙山。科考落第后，温庭筠时常流连于瓦舍勾栏，于风月之地寻几分欢愉，借以暂忘科考失意的惆怅。一百多年后，柳永科考失利，作了那首著名的《鹤冲天》。柳永与温庭筠性情相似，那首词也颇符合温庭筠落第后的心境：

黄金榜上，偶失龙头望。明代暂遗贤，如何向。未遂风云便，争不恣狂荡。何须论得丧？才子词人，自是白衣卿相。

烟花巷陌，依约丹青屏障。幸有意中人，堪寻芳。且恁偎红翠，风流事，平生畅。青春都一饷。忍把浮名，换了浅斟低唱。

忍把浮名，换了浅斟低唱。

话虽如此，柳永后来还是再次走入了科场。

不过，他的确曾经打着"奉旨填词"的旗号流连风月多年，过着放纵不羁的生活。当然，柳永是带着一份真诚前往风月之地的，因此，他也曾被真诚相待。据说，柳永离世后，是一群风尘女子合力葬了他，其后每年清明，许多舞姬歌女都会前往他的坟前祭奠。温庭筠也喜欢醉眠风月，但他就不似柳永那般传奇。

唐宣宗大中六年（852），温庭筠在长安。那是杜牧在人世的最后一年，当时他在朝廷任中书舍人。温庭筠听人说，杜牧读过他的诗，且有赞许之意。于是，温庭筠给杜牧上书，希望得到荐引。

温庭筠在上书中写道："某闻物乘其势，则彗汜画涂；才戾于时，则荷戈入棘。必由贤达之门，乃是坦夷之迳。"他还说："今者末涂怊怅，羁宦萧条。陋容须托于媒扬，沉痼宜瘳于医缓。亦尝临铅信史，鼓箧遗文。颇知甄藻之规，粗达显微之趣。倘使阁中撰述，试传名臣；楼上妍媸，暂陪诸隶。微回木铎，便是云梯。"可惜，杜牧未能成为温庭筠的云梯。那年冬天，杜牧病逝。

大中九年（855），博学鸿词科考试在长安举行。温庭筠代京兆尹柳熹之子柳翰作文，结果事情败露。这件事彻底断送了温庭筠的科考之路。

其后，温庭筠心情抑郁，浪迹于各地。大中十四年（860），他在襄阳和江陵等地，与段成式、余知古等人往来，多有诗酒唱和。次年，温庭筠入荆南节度使裴休幕中任职。其间，他曾上书令狐绹，希望得到提携未果。此后，温庭筠仍旧辗转四方。

唐懿宗咸通六年（865），温庭筠任国子监助教。次年，温庭筠主持国子监考试。在此次考试中，温庭筠不理考生身份，也不管权贵荐举，完全以才华判定等级。结果，他得罪了宰相杨收，被贬为方城县尉。

恃才傲物的温庭筠，终究没能在仕途上立住脚。纪唐夫在为他饯行时写诗说："凤凰诏下虽沾命，鹦鹉才高却累身。"任方城县尉不久，温庭筠凄然离世。他心高气傲，卓尔不群，与鬼蜮横行的仕途格格不入。或许，他早就应该退居林泉，与江山风月为邻，如他在《利州南渡》一诗中所写：

澹然空水带斜晖，曲岛苍茫接翠微。
波上马嘶看棹去，柳边人歇待船归。
数丛沙草群鸥散，万顷江田一鹭飞。
谁解乘舟寻范蠡，五湖烟水独忘机。

他该是位寄情山水的诗人。
于山水之间，一叶舟，一张琴，一壶酒。
可惜，他并未选择那样的人生。

2

作为词人，他是成功的。
但他的人生，是在潦倒中度过的。
对他来说，文字就是一个世界。他可以将自己安放在那里，把酒对月，听琴写诗。只不过，走出那个世界，在真实的红尘俗世，他只能浪迹天涯。我喜欢那个以文为酒、以梦为马的温庭筠。

玉炉香，红蜡泪，偏照画堂秋思。眉翠薄，鬓云残，夜长衾枕寒。

梧桐树，三更雨，不道离情正苦。一叶叶，一声声，空阶滴到明。

大凡性情高逸孤绝的人都难容于俗世。陶渊明傲岸，所以辞官而去，退隐田园；林和靖孤绝，所以隐于孤山，二十年不入城市。温庭筠也并非醉心名利之人。只是，为了生计和理想，他带着憔悴的自己，在人海跋涉了很多年。

温庭筠喜欢放浪形骸。当年，他在江左，一个叫姚勖的人见他才华斐然，便赠以钱财助他参加科考。然而，这笔钱却被温庭筠用作了冶游之资。

温庭筠去到长安后，与令狐滈多有往来。不过，令狐滈的父亲、时任宰相的令狐绹不喜性情不羁的温庭筠，多次禁止令狐滈与之来往。后来发生的一些事，更是让令狐绹对温庭筠恨之入骨。

传言唐宣宗喜欢词，尤其喜欢《菩萨蛮》。令狐绹让温庭筠作了多首，进献给宣宗，称是自己所作。令狐绹曾与温庭筠约定，要保守秘密。然而，不久后温庭筠就将此事公之于众了。这件事让令狐绹愤怒不已。

后来，宣宗作了首诗，其中有"金步摇"一词，左思右想找不到与之相对的词语，便问温庭筠。温庭筠立即说，可以对"玉条脱"。其后，宣宗诗中有"白头翁"，温庭筠对以"苍耳子"。对此，温庭筠甚是得意。身为宰相的令狐绹不知玉条脱为何物，亦不知出自哪本书。温庭筠告诉他，此典出自《南华经》，还特意说，《南华经》乃寻常书籍，宰相大人得闲也该多读书。另外，温庭筠还写诗说："中书省内坐将军。"讽刺令狐绹尸位素餐。

令狐绹身为宰相被如此折辱，自是恼恨无比。温庭筠多次落第，与令狐绹不无关系。多年后，温庭筠回忆往事，写诗说："因知此恨人多积，悔读《南华》第二篇。"其实，他得罪的人除了令狐绹，还有很多权贵。狂傲的人注定要为狂傲付出代价。但是，温庭筠生性如此，他不可能为了功名而改变性格。

咸通中，温庭筠在扬州被一个虞候打伤，门牙被打落。他将此事告诉了时为淮南节度使的令狐绹。然而，令狐绹对他心怀恨意，判虞候无罪。

据说，温庭筠还曾得罪过唐宣宗。宣宗喜欢微服出行。某个冬日，微服的宣宗在一个酒馆与温庭筠不期而遇。温庭筠以为宣宗只是寻常官员，以戏谑的口吻问宣宗，是否为司马、长史一类的官员，宣宗摇头否认。温庭筠又问他是否为主簿、县尉一类的官，宣宗再次摇头否认。因为这件事，宣宗甚是不悦。人们说，温庭筠被贬为方城县尉与此事有关。

温庭筠参加科考，总喜欢为邻铺的举子代笔。后来，温庭筠再次参加科考，主考官沈询得知他有替人捉刀之前科，特意让他在帘下单独考试。没想到，即使如此，温庭筠还是替八个举子完成了答卷。可惜，狂傲的他，帮助了很多人，却未以卓绝的才华为自己谋得一个灿烂的前程。

在官场上，温庭筠的朋友很少。因为恃才傲物、狂放不羁，他被很多人敌视。不过，他与终身失意的李商隐是至交，被人们并称为"温李"。

当年在长安，温庭筠与李商隐偶遇，一见如故。同是失意之人，颇有同病相怜之感。此后，他们时常把酒酬唱。那年，好友卢献卿去世，李商隐写了首《闻著明凶问哭寄飞卿》寄给温庭筠，他在诗中写道："空余双玉剑，无复一壶冰。"在李商隐的心里，他与温庭筠为世间双剑。就才华来说，温庭筠与李商隐不分轩轾。温庭筠的一首《商山早行》为千古名作：

晨起动征铎，客行悲故乡。
鸡声茅店月，人迹板桥霜。
槲叶落山路，枳花明驿墙。
因思杜陵梦，凫雁满回塘。

红尘俗世，他流浪一生。
很多时候，他的知己只有清风明月。
与人酬唱，温庭筠曾作《新添声杨柳枝词二首》：

一尺深红胜曲尘，天生旧物不如新。
合欢桃核终堪恨，里许元来别有人。

井底点灯深烛伊，共郎长行莫围棋。
玲珑骰子安红豆，入骨相思知不知？

或许，有文字，有诗词，他就有归途。
温庭筠虽然落魄，却是光明磊落、恣意潇洒的。
从始至终，他是自己的英雄。

3

温庭筠与鱼玄机为忘年交。

人们说,他们之间曾有过一段情缘。

鱼玄机为晚唐女诗人,后来出家为女道士。她天生聪慧,喜欢读书,尤其喜欢写诗,与薛涛、刘采春、李冶并称唐代四大女诗人。鱼玄机曾作诗说:"自恨罗衣掩诗句,举头空羡榜中名。"也就是说,空有满腹才华,却不能参加科举,与一众须眉争锋。鱼玄机虽然才华横溢,毕竟是女子,正史对她没有记载。她的故事见于《唐才子传》等书中。

大中八年(854),温庭筠在长安结识了鱼玄机。那时的鱼玄机还叫鱼幼薇。初见时,鱼玄机还是个十一岁的小姑娘。那日,在温庭筠面前,聪明灵秀的鱼玄机作诗一首,温庭筠甚是惊讶。

其后,温庭筠便成了鱼玄机的老师。他常去鱼玄机家,指导她作诗。对诗名远播的温庭筠来说,彼时的鱼玄机只是个伶俐的小女孩。然而,他没想到,日子久了,鱼玄机对他产生了爱慕之意。对此,温庭筠并非不知。只不过,在他心中,他们只是师徒关系。他见过许多红颜,对这个小女孩从无爱念。何况,他比鱼玄机年长四十岁。他教她写诗,只因喜欢她的聪慧灵秀。

后来,温庭筠离开了长安,鱼玄机甚是惆怅。

秋风四起的日子,她写了首《寄飞卿》:

阶砌乱蛩鸣,庭柯烟露清。

月中邻乐响,楼上远山明。

珍簟凉风著，瑶琴寄恨生。
稽君懒书札，底物慰秋情。

鱼玄机的确是爱上了温文尔雅却又狂放不羁的温庭筠。从前，他教她作诗，她常以仰慕的目光看他。在他离开长安后，她怅然若失，仿佛夜雨之中不见了灯火。冬日，相思入骨，鱼玄机作了首《冬夜寄温飞卿》：

苦思搜诗灯下吟，不眠长夜怕寒衾。
满庭木叶愁风起，透幌纱窗惜月沉。
疏散未闲终遂愿，盛衰空见本来心。
幽栖莫定梧桐处，暮雀啾啾空绕林。

她的思念越来越深，渐渐内心凄凉。

而温庭筠，从未将那份欣赏转变成爱意。

鱼玄机曾写诗说："易求无价宝，难得有心郎。"生命之中，她遇见过许多男子，但她最钟情的是温庭筠。她想象过嫁给温庭筠，过简单平静的小日子，烹茶煮酒、弹琴写诗。可惜，这样的爱情，温庭筠无法给她。

尽管如此，那些年的他们，还是经常以诗唱和。咸通二年（861），十八岁的鱼玄机离开长安，前往南方游赏。温庭筠作了首《送人东游》：

荒戍落黄叶，浩然离故关。

高风汉阳渡，初日郢门山。

江上几人在，天涯孤棹还。

何当重相见，尊酒慰离颜？

彼时，鱼玄机也和了一首《送别》："层城几夜惬心期，不料仙乡有别离。睡觉莫言云去处，残灯一盏野蛾飞。"其实，温庭筠始终惦念着鱼玄机。只不过，那是老师对学生的惦念，与爱情无关。

无法得到温庭筠的爱，鱼玄机嫁给了状元李亿。然而，生活并不平静。李亿已有家室，其妻是个悍妇，将鱼玄机赶出了家门，还强迫李亿休了鱼玄机。不得已，李亿将鱼玄机安置在咸宜观。从此，鱼幼薇成了鱼玄机。

后来，李亿回到了江南。临行前，李亿说三年后回长安接鱼玄机。然而，他并未履行诺言。鱼玄机心灰意冷，开始结交王孙公子、文人雅士，沉醉于诗酒欢情之中，过着放纵的日子。她本不愿如此，却又只能如此。

再后来，鱼玄机因妒忌失手打死了婢女绿翘，被判斩刑。据说，事情的原委是这样的：那日，鱼玄机出门赴约，临行前嘱咐婢女绿翘，若有人来访，便告诉对方改日再来。当日晚间，鱼玄机回到道观，怀疑绿翘与她的客人有染，于是心生妒忌。争论之时，绿翘又骂鱼玄机行为不检点。结果，鱼玄机失手打死了绿翘。一代才女，落了个被斩首的结局，那年她才二十五岁。

那时候，温庭筠已离世两年。

倘若他在世，定会为鱼玄机的结局唏嘘。

故事里，小窗之下一灯如豆。十几岁的小女子在灯下作诗，年长的诗人在旁认真指导。女子作完了诗,看着面前的诗人,满眼皆是爱意。她的爱,他心知肚明。可是,他不曾爱她。于他,他们之间只是师徒关系。而那女子,陷得太深。可以说,从迷恋温庭筠开始,鱼玄机的悲剧就已注定。

鱼玄机出身寒微,父亲去世后,她更是如零落人间的草木,无所凭靠。温庭筠对她,有欣赏,有怜惜,就是没有爱。自然,他也无法给她现世的安稳。

柳 永
多情自古伤离别，更那堪，冷落清秋节

1

他是个风流浪子。

但他更是个声名显赫的词人。

他便是柳永，一生风流，亦一生萧索。

年轻时，他数次参加科举不第，便将自己交给烟花巷陌，与青楼女子诗酒相与。那时的柳永，有几分狂傲，几分落寞，说是奉旨填词，其实内心很是愤懑。他只能在风尘之地寻觅几分慰藉。五十一岁那年，柳永终于进士及第，走入了仕途。然而，最终他也只做到了屯田员外郎。幸好，他的词足以照耀千古。

在宋代，词都有固定的曲调，由歌女或梨园子弟演唱。南宋学者叶梦得在《避暑录话》中写道："凡有井水饮处，即能歌柳词。"也就是说，有人的地方，就有柳永的词流传。无疑，柳永是当时最炙手可热的词人。

柳永出身于书香门第，少时敏而好学。年岁渐长，他有了经国治世之志。生于盛世，如许多深受儒家思想浸染的文人一样，他也

希望步入仕途，安济天下。

十九岁那年，柳永来到了杭州，被江南物事吸引，于是逗留了数年。他喜欢湖山，也喜欢风月，而杭州历来被称作"湖山此地，风月斯人"，正是他愿意停留的地方。那几年，他在杭州过着游戏花丛、听歌买醉的逍遥生活。二十岁，他作了首《望海潮》，赠给两浙转运使孙何：

东南形胜，三吴都会，钱塘自古繁华。烟柳画桥，风帘翠幕，参差十万人家。云树绕堤沙。怒涛卷霜雪，天堑无涯。市列珠玑，户盈罗绮竞豪奢。

重湖叠巘清嘉。有三秋桂子，十里荷花。羌管弄晴，菱歌泛夜，嬉嬉钓叟莲娃。千骑拥高牙。乘醉听箫鼓，吟赏烟霞。异日图将好景，归去凤池夸。

这首词，写尽了杭州的秀丽与繁华。据《鹤林玉露》载，这首词后来传至金国，金主完颜亮读了之后，对江南甚是神往，便有了挥兵南下之意，还写诗说："提兵百万西湖上，立马吴山第一峰。"

柳永并没有沉湎于湖山风月，他始终记得科举乃人生要事。不过，他的科举之路甚是坎坷。大中祥符二年（1009），柳永第一次参加科考。考试之前，他在《长寿乐》一词中写道："对天颜咫尺，定然魁甲登高第。"以为登第必然是唾手可得。然而，他却落第了。不仅如此，此后他三次参加科举，均落榜。一首《鹤冲天》，写满了狂傲与愤懑：

黄金榜上，偶失龙头望。明代暂遗贤，如何向。未遂风云便，争不恣狂荡。何需论得丧。才子词人，自是白衣卿相。

烟花巷陌，依约丹青屏障。幸有意中人，堪寻芳。且恁偎红翠，风流事，平生畅。青春都一饷。忍把浮名，换了浅斟低唱。

他说，做个词人，抵得过王侯将相。

他说，浮名虚利，甚至比不上几杯浊酒。

失落的时候，他可以去往烟花巷陌，倚红偎翠，极尽风流。刹那浮生，有人追逐名利，便有人游戏人间。不过，此时的柳永并没有放弃理想，他只是在失意之时牢骚不断而已。那些年，他虽经常出入于青楼，但心境终是悒郁和荒凉的。那些刹那的温暖和慰藉，在酒醒之后皆会失去力量。心境萧瑟时，他作了首《凤栖梧》：

独倚危楼风细细。望极春愁，黯黯生天际。草色烟光残照里。无言谁会凭阑意。

拟把疏狂图一醉。对酒当歌，强乐还无味。衣带渐宽终不悔，为伊消得人憔悴。

对酒当歌，强乐无味。

衣带渐宽而不悔，为的还是功名。

天圣二年（1024），柳永第四次参加科考，本来成绩名列前茅，但是在主考官将登第名单呈送给朝廷后，柳永的名字被划掉了。仁宗皇帝读过柳永那首《鹤冲天》，看到他的名字便说："且去浅斟低唱，何要浮名？"再次名落孙山后，柳永更是纵情于烟街柳巷，没有任何收敛，还自称"奉旨填词柳三变"。

夜雨江湖，一盏灯亮起，旋即熄灭。

生活便是这样，给你希望，又让你绝望。

茫茫尘世，我们皆是烟雨中的扁舟，不知前途几何。

那年的科考，柳永落榜，宋庠和宋祁兄弟俩顺利登第。这两人，后来一个做了宰相，一个官至翰林。宋祁才情斐然，因一句"红杏枝头春意闹"被称作"红杏尚书"。那次科考，宋祁获了头名，宋庠获第三名。垂帘听政的章献太后认为长幼有序，而且兄弟二人皆入三甲恐遭非议。结果，宋庠成了状元，宋祁第十。

十年后，景祐元年（1034），仁宗特开恩科，五十一岁的柳永第五次参加科考，终于进士及第，走入了仕途。开始得太晚，他最终只做到屯田员外郎，因此被称作柳屯田。

据《喻世明言》载，宰相吕夷简在六十寿辰时，曾让人带着厚礼，请柳永作一首词。柳永先是作了首《千秋岁》，他在词中写道："福无艾，山河带砺人难老。渭水当年钓，晚应飞熊兆。同一吕，今偏早。乌纱头未白，笑把金樽倒。"不过，写完以后，他觉得这首词不似他的手笔，于是又作了首《西江月》：

腹内胎生异锦，笔端舌喷长江。纵教匹绢字难偿，不屑与人称量。
我不求人富贵，人须求我文章。风流才子占词场，真是白衣卿相。

因为这首词，吕夷简怀恨在心，最后找了个机会，弹劾柳永。结果，柳永被罢官，从此混迹青楼。不过，这只是传记小说情节。柳永混迹青楼是进士及第之前的事，出仕之后并未被罢官。而且，他虽狂放，也不至于在给别人的寿词中大肆展现这样的性情。

在入仕十五年后,柳永甚觉无味,在一首《凤归云》中写道:"驱驱行役,苒苒光阴,蝇头利禄,蜗角功名,毕竟成何事,漫相高。抛掷云泉,狎玩尘土,壮节等闲消。幸有五湖烟浪,一船风月,会须归去老渔樵。"

那时候,他在太湖,一个明净的秋日,漫步湖畔,见扁舟来往不断,十分羡慕。他终于明白,功名利禄最是羁绊人心。身在官场,不如山间渔樵自在。不久后,他辞了官。

就像一场梦,终于醒了。

梦醒时分,湖山仍在,风月仍在。

那个吟风弄月的他,也在。

2

都说柳永是个风流词人。

其实,他有过一场安谧如诗的婚姻。

琴瑟在御,岁月静好,他也有过。

才子佳人,向来是诗人们最愿意落笔的话题。才子身边若无佳人,才情便无处落脚;红颜若无才子怜惜,便只剩孤独和惆怅。于是,有了红袖添香,有了绿衣捧砚,有了才子红颜的温柔缱绻。

关于柳永,史书甚是吝惜笔墨。不过,从他的词作中可以得知,他曾娶妻。而且,他的妻子是个明丽婉约、兰心蕙质的女子,他们举案齐眉,情深意笃。

咸平四年(1001),柳永十八岁。正月,柳永与妻子完婚。年华正好的两个人,在灯火之下走向了彼此。《诗经》里写道:"绸缪束薪,三星在天。今夕何夕?见此良人。子兮子兮,如此良人何?"那夜,红尘寂静,月满西楼。

今夕何夕,见此良人。

或许,他们是初见,亦是重逢。

金风玉露一相逢,便胜却人间无数。

次日清晨,回味起那个柔情似水的夜晚,柳永作了首《斗百花》:

满搦宫腰纤细,年纪方当笄岁。刚被风流沾惹,与合垂杨双髻。初学严妆,如描似削身材,怯雨羞云情意。举措多娇媚。

争奈心性,未会先怜佳婿。长是夜深,不肯便入鸳被。与解罗裳,盈盈背立银缸,却道你但先睡。

新婚的她,如出水芙蓉,羞怯地立于窗前。他望着她,也有几分忐忑。夜深时分,她还不肯睡,背着他宽衣解带,让他先睡。词句旖旎,被许多人指摘。比如,钱基博在《中国文学史》中说:"闺房狎媟,不宜实说,而有本色描写,迹近诲淫者。"以此论定的话,柳永的很多词都会被认作淫词浪语。但他就是那样的性情,笔下所写尽是心中所想,从不遮遮掩掩,也不介意世人褒贬。

此后,柳永与妻子携手陌上,俪影成双。他们喜欢把盏言诗,也喜欢莳花种草。自然,他们也喜欢畅游山水。才子佳人的画面,让无数人羡慕。柳永很庆幸,自己迎娶的是一个可以与他诗酒酬唱的女子。他愿意为她填词,直到老去。他作过一首《玉女摇仙佩》:

飞琼伴侣,偶别珠宫,未返神仙行缀。取次梳妆,寻常言语,

有得几多妹丽。拟把名花比。恐旁人笑我，谈何容易。细思算、奇葩艳卉，惟是深红浅白而已。争如这多情，占得人间，千娇百媚。

须信画堂绣阁，皓月清风，忍把光阴轻弃。自古及今，佳人才子，少得当年双美。且恁相偎倚。未消得、怜我多才多艺。愿妳妳、兰心蕙性，枕前言下，表余深意。为盟誓。今生断不孤鸳被。

在他心里，她占尽了人间风光。

他愿意伴着她，为她填词作诗，从青春到迟暮。

如果可以，他们愿意相携到老，不离不弃。

春和景明的日子，柳永携着妻子踏青。满目染柳烟浓，他们极为畅快。或许是因为玩得太累，次日妻子很晚才起来。见她睡眼惺忪的样子，柳永作了首《促拍满路花》：

香靥融春雪，翠鬓亸秋烟。楚腰纤细正笄年。凤帏夜短，偏爱日高眠。起来贪顽耍，只恁残却黛眉，不整花钿。

有时携手闲坐，偎倚绿窗前。温柔情态尽人怜。画堂春过，悄悄落花天。最是娇痴处，尤殢檀郎，未敢拆了秋千。

画堂春暖，红颜相依。

无疑，那是柳永生平最好的春日。

柳永知道，男儿志在四方，不能总是沉湎于儿女私情。于是，成婚一年后，他带着无限的不舍和愧疚离开了故乡崇安。妻子明白他的心事，含泪送他离开。柳永是心存大志的人，烟火幸福他当然想要，但他也不愿放弃功名。

分别的时候,柳永在词中写道:"和泪眼、片时几番回顾。伤心脉脉谁诉。但黯然凝伫。暮烟寒雨,望秦楼何处。"他和她一样,都无比伤感。他们都没有想到,这次分别竟是永别。世事迷离,无人能站在外面,将自己的人生看清。

　　身在异乡,柳永深知妻子在相思中凄苦度日。事实上,他对她亦是日日思念。想起那些花前月下的日子,他心中甚是悲伤。那时候,他作过一首《忆帝京》:

　　薄衾小枕凉天气。乍觉别离滋味。辗转数寒更,起了还重睡。毕竟不成眠,一夜长如岁。

　　也拟待、却回征辔;又争奈、已成行计。万种思量,多方开解,只恁寂寞厌厌地。系我一生心,负你千行泪。

　　因为相思,长夜无眠。

　　正是:玲珑骰子安红豆,入骨相思知不知。

　　系我一生心,负你千行泪,这就是柳永的心境。那些相濡以沫的往事,让他不忍回忆却又忍不住回忆。如果不是为了功业,他愿意守护着她,直到天荒地老。更让柳永无法接受的是,某日他突然听到了妻子病故的噩耗。

　　花开陌上,不知不觉便凋谢了。

　　世事无常,任你如何猜测也猜不出结局。

　　我们能做的,只有默然承受。

　　他们曾经说过不离不弃,相守到老。没想到,只是数年,已是天人永隔。柳永回到了崇安,但是妻子已离开人世,他只能在回忆里拾得几分温暖。悲伤无处言说，只能诉诸文字。他作了首《秋蕊香引》：

> 留不得。光阴催促，奈芳兰歇，好花谢，惟顷刻。彩云易散琉璃脆，验前事端的。
>
> 风月夜，几处前踪旧迹。忍思忆。这回望断，永作天涯隔。向仙岛，归冥路，两无消息。

纳兰容若说：西风多少恨，吹不散眉弯。

元稹说：曾经沧海难为水，除却巫山不是云。

离开的人了无消息，留下的人肝肠寸断，生离死别就是如此。彩云易散，琉璃易碎，越是美好的事物越经不起岁月磨洗，爱情尤其如此。该来的永别谁也无法避开。每个人，都只能在一次次的生离死别中学着淡然，学着随遇而安。

柳永后来续娶了一个知书达理的女子，生了儿子柳涚。柳涚于庆历六年（1046）进士及第，官至大理寺丞。不过，柳永最深的爱，已经给了结发妻子。

遥远的路上，他总是形单影只。

西风茅舍，瘦马天涯，他似乎没有归途。

一盏灯熄灭，人间便成了荒原。

3

风流纵逸，这就是柳永。

秦楼楚馆，是他常去的地方。

不屑世人指摘，他活得潇洒快意。

为官之后，柳永辗转于各地，词中有了羁旅漂泊的苦涩，有了宦海浮沉的无奈。那时候他的词，在离愁别绪之外，添了几分清雅，有了天涯零落，有了草树残阳，比如下面这首《采莲令》：

月华收，云淡霜天曙。西征客、此时情苦。翠娥执手送临歧，轧轧开朱户。千娇面、盈盈伫立，无言有泪，断肠争忍回顾。

一叶兰舟，便恁急桨凌波去。贪行色、岂知离绪。万般方寸，但饮恨，脉脉同谁语。更回首、重城不见，寒江天外，隐隐两三烟树。

一叶扁舟，随波而去。

寒江天外，隐隐两三烟树。

这是一幅静默的山水画。他就在画中，几分惆怅，几分凄凉。

从前，他带着潇洒的自己，去往烟街柳巷，尽是醉意。不过，他与寻常买醉的人不同，他去到风尘之地，既是为了释放愁闷，也是为了寻找知己。风尘之中，从来都不乏能诗善画的红颜。所以，他去那里，总是带着一份真诚。

他是才情卓绝的词人，被无数人追捧。许多青楼女子都说："不愿穿绫罗，愿依柳七哥；不愿君王召，愿得柳七叫；不愿千黄金，愿得柳七心；不愿神仙见，愿识柳七面。"对她们来说，能够遇见柳永是幸事，若能得他青睐更是幸事中的幸事。自然，她们都愿意与他把酒言欢，共醉于花前月下。

自然，能够让柳永垂青的，都是清丽脱俗的女子。在他的词中，出现过虫娘、英英、酥娘等女子的名字。对他来说，她们不只是烟

雨红颜,也是风尘知己。他喜欢去往她们的小楼,听她们弹琴,为她们填词。而她们,也乐得如此。柳永写过一首《昼夜乐》:

洞房记得初相遇。便只合、长相聚。何期小会幽欢,变作离情别绪。况值阑珊春色暮。对满目、乱花狂絮。直恐风光好,尽随伊归去。

一场寂寞凭谁诉。算前言、总轻负。早知恁地难拚,悔不当初留住。其奈风流端正外,更别有、系人心处。一日不思量,也攒眉千度。

风尘之中,从来都没有天长地久。

杜牧说:十年一觉扬州梦,占得青楼薄幸名。

杜牧的感受,其实也是柳永的。

所有的幽欢佳会,最终总要以离别结尾。走入秦楼楚馆,柳永从无虚情假意。但他不会永远停留于某座小楼,也不会只为某个红颜填词。对他来说,所有的红颜都好似春花,在他的途中盛放和鲜妍。但他,有他的远方。

那时候,柳永的词写得极为恣肆。所有的温柔缱绻,他都喜欢如实写在词里。他心里清楚,那样的词必然会遭受世人的口诛笔伐,但他不在乎。选择了放浪形骸,他就不在意世人褒贬。遇见某个女子,他写过一首《合欢带》:

身材儿,早是妖娆。算举措、实难描。一个肌肤浑似玉,更都来、占了千娇。妍歌艳舞,莺惭巧舌,柳妒纤腰。自相逢,便觉韩娥价减,飞燕声消。

桃花零落,溪水潺湲,重寻仙径非遥。莫道千金酬一笑,便明珠、万斛须邀。檀郎幸有,凌云词赋,掷果风标。况当年、便好相携,凤楼深处吹箫。

在他眼中,那女子身姿窈窕,肌肤如玉,占尽了人间风流。与她相比,善歌的韩娥都要自愧不如,传言能于掌中起舞的赵飞燕也相形见绌。也只有柳永,能将青楼中的风流韵事写得如此露骨。率性而为,就是他的性格。

宋仁宗天圣二年(1024),柳永第四次参加科考落榜,落寞地离开了京城。那个秋雨霖铃的黄昏,一个女子为他送行,他们执手相看,泪眼迷离。柳永作了首《雨霖铃》:

寒蝉凄切。对长亭晚,骤雨初歇。都门帐饮无绪,留恋处、兰舟催发。执手相看泪眼,竟无语凝噎。念去去、千里烟波,暮霭沉沉楚天阔。

多情自古伤离别。更那堪、冷落清秋节。今宵酒醒何处,杨柳岸、晓风残月。此去经年,应是良辰、好景虚设。便纵有、千种风情,更与何人说。

寒蝉凄切,骤雨初歇。

那场离别,在日落时分悄然上演。

离开的人注定要离开,留下的人只能留下。

一别,便隔千山万水。因此,深情的人最怕离别。可是,人生总是聚少离多。再感伤,也免不了各自天涯。从前的缱绻缠绵,变成了后来的相思入骨；从前的携手红尘，变成了后来的"良辰美景奈何天，赏心乐事谁家院"，很无奈。别后的情景，柳永写在了那首《定风波》里：

自春来、惨绿愁红，芳心是事可可。日上花梢，莺穿柳带，犹压香衾卧。暖酥消、腻云亸。终日厌厌倦梳裹。无那。恨薄情一去，音书无个。

早知恁么。悔当初、不把雕鞍锁。向鸡窗、只与蛮笺象管，拘束教吟课。镇相随，莫抛躲。针线闲拈伴伊坐。和我。免使年少，光阴虚过。

人生，充满了辜负与被辜负。

所有的离别，都带着几分辜负的意味。

柳永喜欢将寻常生活写在词里。在很多人看来，他的词不够雅致。他曾前去拜谒宰相晏殊，没想到晏殊说："我虽然也作词，却不曾写过'针线闲拈伴伊坐'这样的句子。"言下之意，对他的词很是不屑。不过，对于别人的评价，柳永并不在意。活在人间，他有自己的方式和态度。

据说，柳永离世时极是贫困，是一群青楼女子合力葬了他。而且，此后每年清明，许多青楼女子都会去到他的坟前祭奠。那些女子里，不少人与柳永素未谋面，前去祭奠，只因仰慕他的性情。万千男子之中，只有他曾以真诚和深情对她们。

清明时节，细雨纷纷。

他的坟前，立着无数缟素的红颜。

他配得上她们的怀念。

题 记

　　第一才子：这不是人与人的对抗，而是仙（诗仙）与仙（坡仙）的碰撞！他们是人类范畴难以定义的存在，他们都写月亮、庐山、江海、逆旅……谁更胜一筹？

第五回合

李白 PK 苏轼

两位一哥的较量

李 白
天生我材必有用，千金散尽还复来

1

世间之人，皆如扁舟。

在苍茫的大海上，完成自我的泅渡。

不同的是，有的人静默如尘，有的人飘洒如风。

他是位诗人，于缥缈红尘描摹天地，对话流光，杜甫说他"笔落惊风雨，诗成泣鬼神"；他是个剑客，衣带生风，剑气如虹。他说："十步杀一人，千里不留行。事了拂衣去，深藏身与名。"他来去飘然，一身潇洒。

他是李白，豪放不羁，飘洒自如，因此被称作谪仙人。没有人如他那般自在，也没有人比他更配得上"流连诗酒"四字。多年后，余光中写诗说："酒入豪肠，七分酿成了月光，余下的三分啸成剑气，绣口一吐就半个盛唐。"这样的李白，我们没有理由不喜欢。

李白嗜酒如命，可谓无酒不欢。对他来说，可以没有香车宝马，可以没有玉盘珍馐，但必须有酒。有了酒，有了诗，他的人生就是丰盛的。杜甫在《饮中八仙歌》中写道："李白一斗诗百篇，长安市

上酒家眠。天子呼来不上船，自称臣是酒中仙。"

他的行为与比他早几百年的阮籍相似。在最看重礼教的年代，阮籍时常漠视礼法。他也是好酒之人，隔壁有个酒坊，女主人容貌秀美，他常去那里饮酒，醉了就在人家脚边酣睡，毫不避嫌。只是不知道，李白常去的酒肆，是否也有那样一位女子。

李白诗里说："且乐生前一杯酒，何须身后千载名。"他是这样写的，也是这样做的。生于尘世，他始终是那个醉醺醺、来去如风的模样。

我想，世间少有人不愿与李白这样的人做朋友。他豪气干云，为人大方，出手阔绰。无论何时，他都是个率真的人，没有半点虚情假意。他轻财重义，将友情看得极重。为了朋友，他可以一掷千金，也可以两肋插刀。那些年，他四方游历，花钱如流水。他在《上安州裴长史书》中说，在扬州时，他不到一年就散尽三十余万，遇到落魄之人便尽力接济。

那年，李白与好友岑勋应元丹丘之邀，前往嵩山的颍阳山居做客，三人登高赋诗，把酒高歌，极是畅快。其间，李白作了千古传唱的《将进酒》：

君不见黄河之水天上来，奔流到海不复回。
君不见高堂明镜悲白发，朝如青丝暮成雪。
人生得意须尽欢，莫使金樽空对月。
天生我材必有用，千金散尽还复来。
烹羊宰牛且为乐，会须一饮三百杯。
岑夫子，丹丘生，将进酒，杯莫停。

与君歌一曲，请君为我倾耳听。

钟鼓馔玉不足贵，但愿长醉不复醒。

古来圣贤皆寂寞，惟有饮者留其名。

陈王昔时宴平乐，斗酒十千恣欢谑。

主人何为言少钱，径须沽取对君酌。

五花马，千金裘，呼儿将出换美酒，与尔同销万古愁。

人生得意须尽欢，莫使金樽空对月，这就是李白的态度。他喜欢跃入酒杯，与酒杯外的红尘世界面对面，像个局外人。他说，天生我材必有用，千金散尽还复来，这是他豪纵的性情，也是大唐盛世的气象。

五花马，千金裘，皆可以换作美酒。

他喜欢在酒杯里忘却尘俗，也忘却自己。

在他沉醉的时候，红尘仍旧醒着。

年少时，李白喜欢读书，也喜欢剑术。他曾在四川大匡山苦读诗书。十五岁时，他已熟稔写诗，有诗多首，在四川各地游走。二十五岁，他离开四川，仗剑远游。他喜欢饮酒，也喜欢交友，所到之处总有几个至交好友。

他的朋友，有孟浩然、贺知章、杜甫这样的大诗人，也有汪伦这样的小人物。对他来说，交友只看性情，不论身份贵贱。那年，他在黄鹤楼送孟浩然前往扬州，写诗说"孤帆远影碧空尽，唯见长江天际流"。后来某年，他独自登上黄鹤楼，本欲题诗，却见到了崔颢所题的《黄鹤楼》，只好作罢，并且说："眼前有景道不得，崔颢题诗在上头。"

四十二岁,李白在长安遇到贺知章,一番把酒酬唱后便成了知交,两人前去酒肆饮酒,贺知章还解下金龟做了酒钱。两年后,李白被玄宗赐金放还,遇到了蹭蹬的杜甫。两人性情相投,一见如故。他们同游多日,把酒花间,醉了便抵足而眠,情如兄弟。

临别,杜甫赠诗给李白,说:"痛饮狂歌空度日,飞扬跋扈为谁雄?"李白也以诗相赠,说"飞蓬各自远,且尽手中杯。"离别后,杜甫多次寄诗给李白。对杜甫来说,李白既是好友也是偶像。

作为名满天下的诗人,李白有无数追随者,比如魏颢。魏颢本名魏万,曾经隐于王屋山下,性情狂傲,不屑尘俗。但他对李白无比仰慕。他说,他仰慕李白,就像司马相如仰慕蔺相如。就狂傲不羁来说,他们的确很相似。

为了结识李白,魏颢从王屋山出发,追寻三千里,终于在扬州得见李白。在李白眼中,魏颢是个出类拔萃的才子。其后,两人成了忘年交,几乎无话不谈。在魏颢返回王屋山时,李白以诗相赠。后来,魏颢还为李白的诗集写了《李翰林集序》。

五十四岁那年,李白经过安徽南陵。汪伦对他十分仰慕,便写信邀请他前往家中做客,还声称那里有十里桃花、万家酒店。后来,李白终于知道,当地有潭水被称作桃花。而那所谓的万家酒店,其实只是一家店,主人姓万。尽管如此,李白还是在那里逗留了数日。离开时,他还写诗赠汪伦:

李白乘舟将欲行,忽闻岸上踏歌声。
桃花潭水深千尺,不及汪伦送我情。

对李白来说，饮酒是乐事，写诗是乐事，交友也是乐事。当然，他所结交的，也都是如他那般清澈和旷逸的文人。若非性情相投，哪怕对方出身高贵，他也不屑与之结交。在朋友面前，他像个孩子。但他，始终睥睨权贵，就像他在那首《梦游天姥吟留别》中所写："安能摧眉折腰事权贵，使我不得开心颜。"他的眼中，容得下一贫如洗的寒士，容不下自诩高贵的王公贵族。

狂放不羁，率性天真，这就是李白。

活在人间六十多年，他却从未被世俗改变。

直到最后，他仍是少年模样。

2

他是位不折不扣的诗人。

但他，又不愿只做位吟风弄月的诗人。

他曾在安陆白兆山桃花岩筑房，过着读书耕作的日子。那时候，他如那厌倦了官场是非的陶渊明，日出而作，日落而息，偶尔饮酒写诗，偶尔漫游陌上。但是可以肯定，他并不擅长稼穑之事，想必也如陶渊明："种豆南山下，草盛豆苗稀。"

他也曾与韩准、裴政、孔巢父、张叔明、陶沔隐居于徂徕山。徂徕山山水相宜，景色幽美，是隐居的绝佳之处。他们在竹溪之畔，把酒临风，谈笑风生，日子在诗酒中无比清雅。他们被称作"竹溪六逸"。

作为诗人，李白喜欢隐居的生活，喜欢将自己安置在临山近水的地方，与草木为友，与山水为邻。但他又不满足于只做位诗人。

他年少时苦读诗书，为的是治国平天下。他的理想是"愿为辅弼，使寰区大定，海县清一"。他要做的，不是阮籍，不是陶渊明，而是管仲、乐毅那样的人物，匡扶河山，安济天下。可惜，直到最后，他的理想也未能实现。

终究，他骨子里是位诗人。一人一剑，来去潇洒，这才是他；逍遥尘世，仙风道骨，这才是他。他说："我本楚狂人，凤歌笑孔丘。手持绿玉杖，朝别黄鹤楼。"这样狂放的他，注定难容于尔虞我诈的官场。

他曾走入朝堂，但是不久后便离开了。天宝元年（742）秋，因玉真公主引荐，李白被召入京。在李白看来，这次入京是实现抱负的好机会。他心想，若干年后，他可以做个辅弼之臣，成就毕生追求的功业。听到被召入京的消息，李白辞别一众诗朋酒友，与心爱的女子作别，前往长安。临行前，他写了首《南陵别儿童入京》：

白酒新熟山中归，黄鸡啄黍秋正肥。
呼童烹鸡酌白酒，儿女嬉笑牵人衣。
高歌取醉欲自慰，起舞落日争光辉。
游说万乘苦不早，著鞭跨马涉远道。
会稽愚妇轻买臣，余亦辞家西入秦。
仰天大笑出门去，我辈岂是蓬蒿人。

四十二岁的李白，颇有几分志得意满。那些年，他无数次干谒名流大儒，都未能步入仕途。此时，他终于看到了曙光。因此他说："仰天大笑出门去，我辈岂是蓬蒿人。"那日，酒浓之时，他想起了晚年得志的西汉大臣朱买臣。

朱买臣出身贫寒，但是心存大志。年轻时，妻子嫌弃他家贫弃他而去。后来，朱买臣受到汉武帝的赏识，做了会稽太守。李白自比朱买臣，认为此去长安，必能实现毕生夙愿。事实上，李白也曾被一女子嫌弃。他的生命中，有一个刘姓女子。那些年，李白漂泊四方，居无定所，势利的刘氏离开了他。

李白来到长安，玄宗对他礼遇有加，还曾亲自为他调制羹汤。不久后，李白被任命为翰林待诏。可惜，此翰林非彼翰林。翰林待诏与翰林学士相差甚远，前者几无晋升可能，后者则靠近权力中心。在做翰林待诏期间，李白曾写三首《清平调》盛赞杨贵妃：

云想衣裳花想容，春风拂槛露华浓。
若非群玉山头见，会向瑶台月下逢。

一枝秾艳露凝香，云雨巫山枉断肠。
借问汉宫谁得似，可怜飞燕倚新妆。

名花倾国两相欢，长得君王带笑看。
解释春风无限恨，沉香亭北倚阑干。

李白志向高远，不愿只做个粉饰太平的御用文人。翰林待诏与他的理想相去甚远，因此那段时光他过得很是苦闷。于是，他仍旧将自己交给诗酒，时常出入于长安酒肆。至于贵妃捧砚、力士脱靴等事，真假难辨，或许只是世人杜撰。

天宝三年（744），四十四岁的李白被玄宗赐金放还。由此可见，玄宗对李白的才华很是欣赏，即使让他离开朝廷，仍以重金相赐。李白失落地离开了长安，路上他作了首《行路难》，失落却不绝望。他仍旧相信自己终有长风破浪之时。

金樽清酒斗十千，玉盘珍羞直万钱。
停杯投箸不能食，拔剑四顾心茫然。
欲渡黄河冰塞川，将登太行雪满山。
闲来垂钓碧溪上，忽复乘舟梦日边。
行路难，行路难，多歧路，今安在？
长风破浪会有时，直挂云帆济沧海。

天宝十四载（755），安史之乱爆发。唐玄宗出逃蜀地，马嵬坡下杨贵妃香消玉殒。不久后，肃宗即位，李白因为曾在永王李璘军营参与东巡而入狱，后经朋友搭救出狱，但还是被判流放夜郎（今贵州桐梓）。

后来，因为关中大旱，朝廷大赦天下，李白获释，他在诗中写道："两岸猿声啼不住，轻舟已过万重山。"甚是喜悦。但他的人生已经走到了最后。那时的他，贫困潦倒，只好前去当涂投靠族叔李阳冰，并将自己的诗文交给了后者。上元三年（762），李白写了首《临终歌》后，默然离世。

大鹏飞兮振八裔，中天摧兮力不济。
馀风激兮万世，游扶桑兮挂左袂。

后人得之传此，仲尼亡兮谁为出涕？

关于李白的离世，有人说他是因醉酒而逝，有人说他是病重离世。也有人说，他是跃入水中捉月而逝。最后这种说法，倒是符合他来去飘洒的性情。他已离去，但是一千多年后，人们仍旧记得他。

他始终行走在天地间，飘洒自如。

一把剑，一轮月，冷冷清清；一壶酒，几行诗，醉意蹁跹。

他是位诗人，但又不只是位诗人。

3

他说，浮生若梦，为欢几何。

他说，抽刀断水水更流，举杯消愁愁更愁。

了解他的人都知道，他的洒脱中不无愁苦。

李白是位天生的诗人，他的一生就像一首长诗，平平仄仄，抑扬顿挫。当然，即使是他这样的诗人，也不能远离烟火，完全将自己交给风花雪月。走入烟火日子，也就走入了聚散悲喜，走入了沧海桑田。

在李白的生命中，出现过四个女子。他的发妻为前宰相许圉师的孙女，好友孟浩然为他们牵线搭桥。李白虽是入赘，但他与许氏琴瑟和鸣，相敬如宾。

可惜的是，十余年后，许氏撒手人寰。其后，李白又与两个女子有过情缘。一位是前文提起的刘氏，因嫌弃李白清贫而弃他而去；一位是他在东鲁认识的女子。这位女子虽不曾留下姓名，但为李白

生了儿子颇离（伯禽），而且对李白发妻的孩子视如己出。

当时，李白偶然见到这位女子，她正在观看石榴花。李白被其吸引，写诗说："鲁女东窗下，海榴世所稀。珊瑚映绿水，未足比光辉。清香随风发，落日好鸟归。愿为东南枝，低举拂罗衣。无由共攀折，引领望金扉。"后来，他们相识相知，终于走到了一起。

天宝八载（749），李白在金陵，因思念身在东鲁的孩子，作有《寄东鲁二稚子》。

…………

南风吹归心，飞堕酒楼前。楼东一株桃，枝叶拂青烟。
此树我所种，别来向三年。桃今与楼齐，我行尚未旋。
娇女字平阳，折花倚桃边。折花不见我，泪下如流泉。
小儿名伯禽，与姐亦齐肩。双行桃树下，抚背复谁怜。
念此失次第，肝肠日忧煎。裂素写远意，因之汶阳川。

后来，好友离开金陵去山东，李白为之饯行，又作了首《送萧三十一之鲁中，兼问稚子伯禽》！

六月南风吹白沙，吴牛喘月气成霞。
水国郁蒸不可处，时炎道远无行车。
夫子如何涉江路？云帆袅袅金陵去。
高堂倚门望伯鱼，鲁中正是趋庭处。
我家寄在沙丘旁，三年不归空断肠。
君行既识伯禽子，应驾小车骑白羊。

很难想象，旷逸飘洒如李白，竟也有这般儿女情长的时候。

想象中，儿女们正在桃树下玩闹，只是那里没有他这个父亲。几年未见，想必平阳和伯禽已长大不少。作为父亲，错过了子女的成长，他甚觉羞愧。他对好友说："你是认识我家伯禽的，若有空就代我去看看他，此时的他大概能够驾着白羊拉的车四处溜达了。"

或许，每个人的心底都有个最柔软的地方。

再豪迈、再英武的英雄壮士，也总有温柔的时候。

既有侠骨，又有柔情，才是真英雄。

李白，很多时候他是个傲视天下、放纵不羁的诗人和剑客。但在孩子面前，他是个慈祥的父亲。他的温柔，都给了朋友和家人。事实上，他喜欢流连诗酒的快味，也喜欢儿女绕膝的温馨。

李白生命中的最后一位女子是宗氏，为前宰相宗楚客之孙女。那年，五十一岁的李白重游梁园，一时诗兴大发，便在墙壁上写了首《梁园吟》，他在诗中写道，"人生达命岂暇愁，且饮美酒登高楼"，还说"东山高卧时起来，欲济苍生未应晚"。

不久后，宗氏游赏梁园，见了壁上之诗甚是喜爱，便花千金买下了那面墙壁。这就是"千金买壁"的故事。李白与宗氏也因诗结缘，喜结连理。后来那些艰难岁月，宗氏始终不离不弃。世间最浪漫的事，莫过于彼此相随，至死不渝。

不过，离开家庭，离开妻子儿女，李白又是那位吟风赏月的诗人了。当然，他是飘洒的，也是孤独的。某年，他在宣城，为叔父饯行，写下一首《宣州谢朓楼饯别校书叔云》：

弃我去者，昨日之日不可留；

乱我心者，今日之日多烦忧。
长风万里送秋雁，对此可以酣高楼。
蓬莱文章建安骨，中间小谢又清发。
俱怀逸兴壮思飞，欲上青天览明月。
抽刀断水水更流，举杯消愁愁更愁。
人生在世不称意，明朝散发弄扁舟。

身在红尘，他虽来去潇洒，却也有寥落的时候。他想过，去到远离尘嚣的地方，比如五湖，如那逍遥的范蠡，泛舟湖上，不管人间是非恩怨。只是，他有他的理想，他想辅弼天下，安济苍生。可惜，他是位率真的诗人，这样的理想注定落空。事实上，就加入永王幕府一事来看，他的确缺乏仕途所需要的审时度势。

有时候，没有朋友在身边，李白便只能自斟自酌，与明月酬酢。那样的画面，看似潇洒，实则无比孤独。很显然，喜欢交友的李白并不喜欢孤独。他写《月下独酌》，分明是孤寂无处安放，也无处诉说。

花间一壶酒，独酌无相亲。举杯邀明月，对影成三人。
月既不解饮，影徒随我身。暂伴月将影，行乐须及春。
我歌月徘徊，我舞影零乱。醒时同交欢，醉后各分散。
永结无情游，相期邈云汉。

我歌月徘徊，我舞影零乱，孤独不言自明。
某年，李白在宣城，独面云山，写了首《独坐敬亭山》：

众鸟高飞尽,孤云独去闲。
相看两不厌,只有敬亭山。

  关于这首诗,人们总会说起玉真公主。人们说,李白与玉真公主有情。玉真公主在宣城敬亭山修道,李白便来到宣城,还写下了这首诗。人们还说,李白之所以与王维从无交集,就是因为都与玉真公主有剪不断理还乱的关系。当然,这只是世人的猜想。

  一段人生一场戏。

  他早已离去,关于他的人生,后人可以随意猜测。

  无论真假,他都不会做出回应。

  我们知道的是,李白的人生一如寻常人的人生,有欢畅也有寂寥,有潇洒也有萧瑟。不管怎样,在陌上行走多年,他仍是那位飘逸的诗人。人们说,出走半生,归来仍是少年。原来,真有人可以这样。

苏轼
人生如逆旅，我亦是行人

1

人生是一场修行。

经过所有事，只为修一颗淡然之心。

漫长的路上，我们茫然地行走，行过风雨凄凄，行过悲欢离合，后来终于明白，一切只如梦境，与其执着于浮沉起落，不如学着从容淡定，笑对人生。

在宋代的词人里，没有谁比苏轼更豁达。天生的乐观，加上宦途坎坷，终于让他修成了一颗平常心，从容面对山重水复、夜雨江湖。

苏轼字子瞻，号东坡居士，出生于四川眉州。他是个文人，擅长书画，喜欢美食，是个懂得生活的人。他是豪放派词人的代表，词写得豪放清旷，文章更是汪洋恣肆。他是无数人心目中的偶像。只是，许多人喜欢他的人生态度，少有人能活成他的模样。

在苏轼的词里，有人生的悲喜，有仕途的起伏，也有尘缘的聚散。仔细品读他的词，总能学会很多东西。我们可以看到，风雨之中，一个身影跋涉着，他从不灰心，从不绝望。终于，他从苏轼变成了东坡居士。送别好友，他作了首《临江仙》：

一别都门三改火，天涯踏尽红尘。依然一笑作春温。无波真古井，有节是秋筠。

惆怅孤帆连夜发，送行淡月微云。尊前不用翠眉颦。人生如逆旅，我亦是行人。

孑然一身，天涯踏尽风尘。

红尘滚滚，人生如寄。我们皆是路人。

最重要的是，不迷失自己。

因"乌台诗案"受牵连，苏轼的好友王定国被贬岭南，歌伎寓娘随之前往。后来，王定国获释北归，苏轼为之接风。席间，苏轼问及岭南风物，寓娘说"此心安处，便是吾乡"。于是，苏轼作了首《定风波·南海归赠王定国侍人寓娘》：

谁羡人间琢玉郎，天应乞与点酥娘。尽道清歌传皓齿，风起，雪飞炎海变清凉。

万里归来颜愈少，微笑，笑时犹带岭梅香。试问岭南应不好？却道：此心安处是吾乡。

心安之处，便是归途。

行于尘世，只有把心安顿好，才能不迷失。

在此基础上，才有可能活出兴味和境界。

当然，苏轼也在词里告诉了人们他喜欢的人生。元丰七年（1084）岁暮，苏轼在泗州（今江苏盱眙），与好友刘倩叔同游数日，作了首《浣溪沙》：

细雨斜风作晓寒，淡烟疏柳媚晴滩。入淮清洛渐漫漫。
雪沫乳花浮午盏，蓼茸蒿笋试春盘。人间有味是清欢。

所谓清欢，就是清雅的欢愉。

有的人，拥有良田广厦却难得快乐。而有的人，即使身居野径茅庐，也能自得其乐。这是由心性决定的。心性恬淡的人，才能独得清欢。苏轼喜欢的，不是锦衣华服，不是玉盘珍馐，而恰恰是简单、素淡而又不失意趣的生活。当然，这样的生活里，必须有诗有酒，有风有月，如他在那首《望江南》里所写：

春未老，风细柳斜斜。试上超然台上看，半壕春水一城花。烟雨暗千家。
寒食后，酒醒却咨嗟。休对故人思故国，且将新火试新茶。诗酒趁年华。

苏轼的人生，是一个逐渐回归自我的过程。

嘉祐二年（1057），二十一岁的苏轼进士及第。那次科考，策论的题目为《刑赏忠厚之至论》，苏轼在文中用了个典故，说尧帝的司法官几次要判一个人死刑，尧帝本着宽容之心释放了那个人。欧阳修不知此典出自何处。放榜之后，苏轼拜谒座主，欧阳修问他，他说典出《三国志·孔融传》。

然而，欧阳修查询后并未发现。苏轼终于承认，那个典故是杜撰的。据《孔融传》记载，曹操灭袁绍后，将袁绍的儿媳赐给了自己的儿子曹丕，孔融闻讯后很生气，对曹操说，当年武王伐纣后将纣王的宠妃妲己赐给了自己的弟弟。曹操问这故事何处有记载，孔融说是他杜撰的，还说既然曹操能做出这样的事来，想必武王也能。苏轼说，他认为，以尧帝的宽厚，定会释放那个犯法之人，所以自己就杜撰了那个典故。

在策论中杜撰论据，若是追究起来恐非小事。然而，欧阳修不仅没追究，还十分赏识苏轼，认为他读书已读到了血肉灵魂里。欧阳修以苏轼为自己的门生为荣，常对人说，数十年后，苏轼必将独步文坛。欧阳修慧眼识人，苏轼没有辜负他的厚望。

嘉祐六年（1061），苏轼又顺利通过了制举考试，被授予大理评事之职。最初，他的仕途还算平稳。后来，王安石变法开始，苏轼的许多朋友因为反对变法被迫离京。苏轼上书言新法弊端，却反遭弹劾，于是自请出任杭州通判。熙宁七年（1074），他又前往密州（今山东诸城）任知州。

密州的生活，忙碌中有闲情。公事之余，他喜欢饮酒填词，也喜欢游山玩水。有时候，他也会带着下属出猎。一次出猎后，他豪兴大发，作了首《江城子·密州出猎》：

老夫聊发少年狂，左牵黄，右擎苍。锦帽貂裘，千骑卷平冈。为报倾城随太守，亲射虎，看孙郎。

酒酣胸胆尚开张。鬓微霜，又何妨！持节云中、何日遣冯唐？

会挽雕弓如满月，西北望，射天狼。

在绵软绮靡词风盛行的当时，这首词就像一颗流星划过夜空，甚是刺眼。豪纵的苏轼，牵黄擎苍，千骑卷平岗。如果可以，他愿意拉满雕弓，射落天狼。这里的天狼，指屡造边衅的西夏。

元丰二年（1079），苏轼的人生发生了重大转折。那年春，他被调任湖州知州。上任后例行公事，他写了一封《湖州谢上表》，却被属于新党的御史利用，拿这封奏表中的若干词句，弹劾他愚弄朝廷，包藏祸心。不久后，他们又在苏轼的诗文里找寻大量词句，称其中有讽喻朝政之意。朝堂上多的是随波逐流、见风使舵之人，苏轼很快就成了众矢之的。七月，苏轼被押至汴京。这件事牵涉甚广，波及数十人。这就是著名的"乌台诗案"，乌台即御史台，因其上植有柏树，常有乌鸦栖息，故而得名。

经多方援救，苏轼最终获释，被贬为黄州（今湖北黄冈）团练副使。在黄州，生活虽然艰苦，苏轼却过得悠然自得，还留下了《赤壁赋》《念奴娇·赤壁怀古》等名作。

宋哲宗即位后，苏轼被召入朝，先后任中书舍人、翰林学士知制诰、兵部尚书等职。其后，苏轼出为杭州、扬州等地知州。在杭州，苏轼本着"先天下之忧而忧，后天下之乐而乐"的为官思想，尽力造福于民。他疏浚了西湖，修建了苏堤，又在堤上遍植花草树木。饥馑之时，他拿出自己的俸禄赈济灾民。

暮年，苏轼被贬至惠州、儋州等荒僻之地。尽管如此，他仍是那个豁达的苏轼，日子过得活色生香，他在诗中说："日啖荔枝三百颗，不辞长作岭南人。"一个看透人生、懂得生活的人，无论身在何处，总能活得自在。

建中靖国元年（1101），也就是苏轼离世的那年初，他经过润州（今江苏镇江），在金山寺看到了李公麟为他画的像，在画上题了首《自题金山画像》：

> 心似已灰之木，身如不系之舟。
> 问汝平生功业，黄州、惠州、儋州。

我以为，真正的功业，不是高名巨利，而是在变幻不停、起落不定的人生里，学会从容和淡然，笑看风云变幻。黄州、惠州、儋州，皆是贬谪之处。但正是在这些地方，苏轼真正看透了人生，活成了他喜欢的模样。

无垠时光里，我们是自己的万里江山。

自然，我们也是自己的烟雨扁舟。

2

喜欢"门槛"两个字。

所谓门槛，过去便是门，过不去便是坎。

真正的境界，就是在风雨如晦的日子里，不迷惘，不绝望，笑对生活。诗里说："山重水复疑无路，柳暗花明又一村。"阴云密闭，夜雨连绵，总有雨霁云开之时。

对苏轼来说，"乌台诗案"是个阴影。在那场案件里，他被贬到了荒僻的黄州。但他将贫苦的日子过得意趣横生。在黄州的日子，他有大把时间思索和沉淀人生，终于学会了笑看红尘。可以说，那是一个凤凰涅槃的过程。初至黄州，苏轼借住于定慧院。他的词尽显凄凉：

缺月挂疏桐，漏断人初静。时见幽人独往来，缥缈孤鸿影。
惊起却回头，有恨无人省。拣尽寒枝不肯栖，寂寞沙洲冷。

按照规定，如苏轼这样的贬官，官府不得为其安排住处。幸好，黄州知府徐大受钦慕他的才华，对他礼遇有加。有徐大受的照拂，苏轼向州郡求得了黄州东门外荒地十亩。苏轼将荒地开垦出来，取名东坡，开始了他的田园生活。从此，他成了东坡居士。

同时，苏轼还修建了房舍数间，取名为雪堂。雪堂的壁上，有他亲手画的寒江独钓图。苏轼常与好友相聚于雪堂，喝着酒谈古论今。米芾曾造访雪堂，与苏轼倾谈诗画多日。苏轼作过一首《江城子》：

梦中了了醉中醒。只渊明，是前生。走遍人间，依旧却躬耕。昨夜东坡春雨足，乌鹊喜，报新晴。
雪堂西畔暗泉鸣。北山倾，小溪横。南望亭丘，孤秀耸曾城。都是斜川当日境，吾老矣，寄馀龄。

在黄州，苏轼过的是陶渊明的日子。
躬耕田野，莳花种草，他忙得不亦乐乎。
那里，没有鞍马劳顿，没有世俗纷扰，有的是清风朗月，有的是鸡犬相闻。当然，那里还有采菊东篱下、带月荷锄归的悠然。有时候，苏轼从田里归来，会亲自下厨，为家人做菜。对他来说，那也是人生乐事。他曾在文中写道："某见（现）在东坡，作坡种稻，劳苦之中，亦自有乐事。有屋五间，果菜十数畦，桑百余本。身耕妻蚕，聊以卒岁也。"

有时候，苏轼也会扁舟出行，游走于湖山之间，与山翁渔樵为伍。他在词中写道："蜗角虚名，蝇头微利，算来着甚干忙？事皆前定，谁弱又谁强。且趁闲身未老，尽放我、些子疏狂。百年里，浑教是醉，三万六千场。"

在黄州，苏轼有不少朋友，比如马正卿。对苏轼来说，他是最可靠的朋友。苏轼被贬僻地，他仍旧以成为其好友为荣幸，不离不弃。

苏轼交友，只论性情。遇到性情相投的人，哪怕对方是樵夫舟子，他也愿意结交。遇到阿谀逢迎之人，哪怕对方是王侯贵胄，他也会白眼相加。除了马正卿，苏轼还有几个很要好的朋友，比如陈季常、李岩。

苏轼之所以被贬黄州而非别处，据说是因为御史台的人知道他与陈季常的父亲陈公弼不和，而陈季常隐于黄州。然而，苏轼却与陈季常成了至交。陈公弼虽然与苏轼不和，却是正人君子，在陈季常面前盛赞过苏轼的学识和人品。

那几年，苏轼与陈季常往来频繁，经常诗酒酬唱。陈季常的妻子甚是刁蛮泼辣，苏轼写诗说："龙丘居士亦可怜，谈空说有夜不眠。忽闻河东狮子吼，拄杖落手心茫然。"这就是"河东狮吼"的来历。对于苏轼的戏谑，陈季常无可奈何。

据苏轼文中所写，李岩嗜睡，有时候看着朋友们下棋，不知不觉就睡着了。有时候，他会在睡梦中问朋友棋下到了哪里。苏轼说，李岩在棋盘上以一个黑子独自作战，输赢都在梦中。这般脱略行迹的人，苏轼最欣赏。

苏轼常与好友一起出游，漫步于山野水畔。赤壁山是他涉足最多的地方。在这里，他作了《赤壁赋》和《后赤壁赋》，还写下了名垂千古的《念奴娇·赤壁怀古》：

大江东去，浪淘尽、千古风流人物。故垒西边，人道是、三国周郎赤壁。乱石穿空，惊涛拍岸，卷起千堆雪。江山如画，一时多少豪杰。

遥想公瑾当年，小乔初嫁了，雄姿英发。羽扇纶巾，谈笑间、樯橹灰飞烟灭。故国神游，多情应笑我，早生华发。人生如梦，一尊还酹江月。

人生如梦，世事如尘。

与其执着，不如放下，与明月对酌。

元丰五年（1082）三月，苏轼与几个好友郊野出游，在沙湖道遇到了大雨，因为带雨具的人已先离开，朋友们都甚觉狼狈。苏轼却走得不疾不徐。回去后，他作了首《定风波》：

莫听穿林打叶声，何妨吟啸且徐行。竹杖芒鞋轻胜马，谁怕？一蓑烟雨任平生。

料峭春风吹酒醒，微冷，山头斜照却相迎。回首向来萧瑟处，归去，也无风雨也无晴。

得失随缘，心无增减。

经历过许多事，我们终能学会从容淡定。

佛经上说："一切有为法，如梦幻泡影，如露亦如电，应作如是观。"世间之事，皆如梦幻泡影，执着便是风雨如晦，放下便是海阔天空。"归去，也无风雨也无晴"，这才是真正的境界。人生如梦，所见皆是镜花水月，无所谓晴好，也无所谓阴雨。

活得明白，方能不沉沦、不迷惘、不执着。

可惜，真正能活明白的人寥寥无几。

3

人说，风花雪月敌不过柴米油盐。

却也有人将烟火日子过出了风花雪月的味道。

苏轼便是如此。他懂得在平淡的生活中寻找意趣，而且，他生命中出现过的三个女子，也很好地成全了他立足于柴米油盐，又能尽享风花雪月意味的愿望。

十九岁时，苏轼娶了十六岁的王弗为妻。王弗是个温婉可人的女子，懂得诗书，擅长弹琴。于苏轼，她既是妻子，亦是知己。那时候，苏轼苦读诗书，王弗便陪在他身边，做那个添香的红袖。有时候，苏轼背不出书，王弗会小声提醒。闲暇时，他们也会携手出游，漫步于青山绿水之间。

十余年后，王弗因病离世，苏轼肝肠寸断。许多年过去，他对于亡妻的怀念从未断过。熙宁八年（1075）正月二十，苏轼梦见了王弗。梦里，他们相顾无言，泪眼迷离。梦醒后，苏轼作了首《江城子》：

十年生死两茫茫，不思量，自难忘。千里孤坟、无处话凄凉。纵使相逢应不识，尘满面，鬓如霜。

夜来幽梦忽还乡，小轩窗，正梳妆。相顾无言，惟有泪千行。料得年年肠断处，明月夜，短松冈。

十年后，怀念一如最初。

他是豁达的苏轼，也是深情的苏轼。

王弗离世三年后，苏轼续娶了王弗的堂妹王润之。这个女子陪着苏轼度过了二十三年。她虽不及王弗诗情画意，却是个知冷知热的女子。因为公务，苏轼与王润之分别多时，突然收到王润之的家信，苏轼甚是喜悦，作了首《减字木兰花》：

晓来风细，不会鹊声来报喜。却羡寒梅，先觉春风一夜来。
香笺一纸，写尽回文机上意。欲卷重开，读遍千回与万回。

正所谓，见字如面。对苏轼来说，王润之永远是他的归处。无论身在何处，知道远方有个女子在等他，他的心就是温暖的。因此，她的来信他恨不得读上千万遍。

事实上，王润之很像后来清代沈复《浮生六记》里的芸娘，懂得男子的心思，也愿意尽力成全。她知道苏轼好酒，因此在家里常备着几坛酒。为了满足苏轼红袖添香的愿望，她让苏轼收王朝云为侍妾。苏轼的悲喜和冷暖，王润之都懂得。

多年后，王润之离世，苏轼在《祭亡妻同安郡君文》中写道："我曰归哉，行返丘园。曾不少须，弃我而先。孰迎我门，孰馈我田？已矣奈何，泪尽目干。"苏轼是个不折不扣的词人，却也是个深情的男子。薄情的世界里，这份深情弥足珍贵。

对苏轼来说，王朝云是红颜知己。

他如水，她如云。云水相照，彼此入心。

在密州时，苏轼写过一首《蝶恋花》：

花褪残红青杏小。燕子飞时，绿水人家绕。枝上柳绵吹又少，天涯何处无芳草。

墙里秋千墙外道。墙外行人，墙里佳人笑。笑渐不闻声渐悄，多情却被无情恼。

多年后的一个秋天，王朝云唱起这首词时，突然间泪如雨下。苏轼问原因，王朝云说，唱到"枝上柳绵吹又少，天涯何处无芳草"两句，忆起了苏轼的宦海浮沉，不禁悲从中来。王朝云离世后，苏轼再未听过这首词。

王朝云是最懂苏轼的女子。后来，苏轼回京任职，家里添了几个侍女，某日饭后，苏轼指着自己的肚子问身边的侍女，里面装着何物。有的说文章，有的说见识，王朝云却说："满肚子的不合时宜。"苏轼捧腹大笑，继而说道："知我者，唯有朝云。"

王朝云始终伴着苏轼，即使苏轼被贬岭南时，她也随之前往。

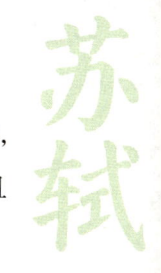

她为苏轼生了个儿子，取名遁儿。在为孩子举行"洗三"礼的时候，苏轼写诗说："人皆养子望聪明，我被聪明误一生。惟愿孩儿愚且鲁，无灾无难到公卿。"

　　绍圣三年（1096），王朝云去世。六十岁的苏轼为朝云写了墓志铭，又作了《雨中花慢》《西江月·梅花》以及《悼朝云》等诗词。写着写着，他已老泪纵横。

苗而不秀岂其天，不使童乌与我玄。
驻景恨无千岁药，赠行惟有小乘禅。
伤心一念偿前债，弹指三生断后缘。
归卧竹根无远近，夜灯勤礼塔中仙。

　　朝云离世后，苏轼的爱情结束了。
　　作为红颜知己，朝云给了苏轼太多的欢喜。
　　她一去，苏轼的心从此空了。

长安诗酒 汴京花

题 记

　　大家风范：两人跻身"唐宋散文八大家"之列，引领一时文风。文学之外，两人皆为师者，谁的桃李满天下？

第六回合

韩愈 PK 欧阳修

散文大家的师者风范

韩 愈
最是一年春好处,绝胜烟柳满皇都

1

红尘之上,你我皆是行人。

既然上路,就要一腔孤勇,风雨无阻。

经过道路,我们是异乡之人,遇见所要遇见的,经历所要经历的,最后默然归去。事实上,我们亦是道路,被岁月和世事走过,踩出悲欢离合,踩出沧海桑田。

韩愈可谓是中唐的孤勇者。他在仕途上一路跋涉,多次被贬,矢志不移。他被称为百代文宗,位居"唐宋八大家"之首,又与柳宗元、苏轼、欧阳修并称"千古文章四大家"。

作为古文复兴运动的倡导者,韩愈提出了文以载道的主张,反对死板的骈体文,提倡学习先秦和两汉的散文。苏轼在《潮州韩文公庙碑》中盛赞韩愈:"独韩文公起布衣,谈笑而麾之,天下靡然从公,复归于正,盖三百年于此矣。文起八代之衰,而道济天下之溺;忠犯人主之怒,而勇夺三军之帅。"

韩愈字退之,唐代宗大历三年(768)出生于河南河阳(今河南孟州）。他少时孤贫，由兄长韩会抚养长大。大历十二年（777），韩会被贬为韶州刺史，不久后病故。其后，韩愈随孀居的嫂子移居宣城。那些年，生活困顿，韩愈从未停止读书。他暗下决心，考取功名，光耀门楣。

然而，对韩愈来说，科举考试又是一条坎坷的长路。他先后四次参加科考，才终于进士及第。此后他参加博学宏词科考试，又是三次落榜。唐德宗贞元十七年（801），韩愈第四次参加博学宏词科考试，成功登第。第二年，他被任命为国子监四门博士。

某年，韩愈曾告假前往华山游赏。据李肇《唐国史补》载，韩愈与好友登临华山，抵达苍龙岭后，见其无比险峻，甚是惊恐，不敢移步，甚至为自己写好了遗书。多年后，山西的百岁老者赵文备登临华山，想起韩愈当日之事，大笑不止。再后来，清代的李柏登到苍龙岭，作诗说："华之险，岭为要。韩老哭，赵老笑。一哭一笑传二妙。李柏不笑也不哭，独立岭上但长啸。"

华山奇险，胆战心惊的不只有韩愈。

可以确定的是，仕途上的韩愈，始终无所畏惧。

贞元十九年（803），韩愈任监察御史。遇到不平之事，他总会直言相谏，不似许多官员那样唯唯诺诺。那时候，陕西关中地区大旱，饿殍满地，民不聊生，京兆尹李实对德宗隐瞒了实情，谎称当地百姓衣食无忧。对此，韩愈无比愤怒。他写了《论天旱人饥状》上书天子。没想到，他竟遭到了李实等人的诬陷。那年冬天，韩愈被贬为连州阳山县令。

当时的官场就是如此，难有清白。越是正直贤能的人，越难以容身其中。所以，总有人在进入仕途后，常想着退身而出，做一介布衣,哪怕做个安贫乐道的农夫也好。

两年后,韩愈获赦,被任命为江陵法曹参军。前往江陵前,韩愈曾和之前同时被贬的张署在湖南郴州待命。闲来无事,他们曾泛舟赏景。韩愈作了首《湘中酬张十一功曹》:

休垂绝徼千行泪,共泛清湘一叶舟。
今日岭猿兼越鸟,可怜同听不知愁。

那段时间,他们时常偕同游走于山水之间。自然,作为文人,他们也喜欢把酒酬唱。虽然被贬出了京城,但日子还得继续。同游共醉之日,韩愈作有《答张十一功曹》:

山静江空水见沙,哀猿啼处两三家。
筼筜竞长纤纤笋,踯躅闲开艳艳花。
未报恩波知死所,莫令炎瘴送生涯。
吟君诗罢看双鬓,斗觉霜毛一半加。

唐宪宗元和元年(806)夏,韩愈被召回长安,任国子博士。其后,他又先后任尚书职方员外郎、比部郎中、史馆修撰、考功郎中。元和十年(815),韩愈迁升为中书舍人。

官运亨通的时候,韩愈再次被弹劾。起因是,他在江陵时,荆南节度使裴均对他礼遇有加。不过,裴均其人并非良善之辈,善于巧取豪夺,也曾贿赂权臣。裴均还疏通关系,使其子裴锷任职于京城。为了报答裴均,韩愈曾撰文称赞裴锷。后来,裴锷返乡探望裴均，韩愈作了一篇文章为之饯行。在这篇文章中，韩愈自降身份尊称裴锷的字。此事很快就引起了轩然大波，不少朝臣以此弹劾韩愈。结果，韩愈被降为太子右庶子。

那年春天，落雪的日子，韩愈还曾悠然赏雪。

或许，赏雪的时候，他还曾饮酒助兴。

他那首《春雪》，就作于彼时：

新年都未有芳华，二月初惊见草芽。
白雪却嫌春色晚，故穿庭树作飞花。

突然间，他再次被降职。

身在官场，只如漂萍，浮沉总是难料。

而路，仍旧在前方。

2

人们总说，要做生活的主人。

然而，真实的情况是，我们总被生活支配。

身在官场的人，尤其如此。他们往往身不由己。

元和九年（814），淮西节度使吴少阳病逝，其子吴元济割据自立，公然与朝廷为敌。宪宗发兵征讨，然而成德节度使王承宗和淄青节度使李师道都暗中与吴元济勾结，朝廷讨伐未果。李师道还派刺客潜入京城，刺杀了宰相武元衡。

元和十二年（817），宪宗派宰相裴度前往征讨吴元济，以韩愈为行军司马。韩愈曾建议裴度,派精兵偷袭蔡州,可惜裴度不予采纳。结果,唐邓节度使李愬先行一步,于雪夜奇袭蔡州,生擒了吴元济。冬天,吴元济被斩于京。

淮西平定后,韩愈随裴度回朝,被任命为刑部侍郎。不久后,韩愈受命撰写《平淮西碑》。他在碑文中大肆表彰裴度功绩,而对李愬雪夜入蔡州擒获吴元济一事只是轻描淡写。李愬甚感愤怒,其妻更是凭借德宗外孙女的身份进入宫中,向宪宗陈述碑文与事实不符。结果,韩愈所撰碑文被磨掉,宪宗又命翰林学士段文昌重新撰写了碑文。

元和十四年(819)初,陕西凤翔法门寺的佛塔开塔,宪宗命人前去迎回佛骨,虔诚供奉。不久后,长安等地无数人开始信佛。于是,韩愈冒死进谏,列举了上至天子下至庶民因为笃信佛教而做出的许多极端行为,称供奉佛骨甚是荒唐,建议焚毁佛骨。

不仅如此,韩愈还以历史上信佛却早逝的皇帝为例,说明信佛无用,且可能导致短命。宪宗因此大怒,曾想对韩愈处以极刑。幸好,裴度、崔群等人求情,韩愈的死罪被免。不过,他还是被贬为潮州刺史。正所谓,文死谏,武死战,韩愈冒死进谏,虽然最终被贬僻地,却并不后悔。他始终认定,身为人臣,忠直谏言是自己的天职。在前往潮州的途中,韩愈作了首《左迁至蓝关示侄孙湘》:

一封朝奏九重天,夕贬潮州路八千。
欲为圣明除弊事,肯将衰朽惜残年。
云横秦岭家何在?雪拥蓝关马不前。
知汝远来应有意,好收吾骨瘴江边。

在朝中，韩愈是股肱之臣。在地方，他是清廉的父母官。去了潮州，韩愈虽心有怨气，还是一心为民，为当地百姓办了不少实事，比如修桥补路，比如惩治贪官。

据说，韩愈在潮州的时候，发生过一件有趣的事。一日，他在街头遇见一位僧人，此人面相凶恶，两颗牙长到了嘴外。韩愈心想，此人绝非善类。他还想，将那人的两颗长牙敲掉才好。回到府邸，有人送来一个红包。韩愈打开一看，里面正是那僧人的两颗长牙。原来，那僧人就是潮州灵山寺的高僧大颠和尚，佛法精深。韩愈派人找到了他，一番交谈后，两人成了好友。后来，人们为了纪念两人的友谊，在潮州城里建了庵堂，取名"叩齿庵"。

那年，适逢大赦天下，韩愈又被任命为袁州（今江西宜春）刺史。虽然仍为地方官，但潮州与袁州显然不能同日而语。袁州有个风俗，贫寒家庭的女儿抵押给富户做奴婢，若超过期限而无力赎回，便从此成为富户家奴。韩愈到袁州后，废除了这个风俗。

为国，他鞠躬尽瘁，死而后已。

为民，他一身正气，两袖清风。

浑浊的官场上，他始终似一泓清水。

元和十五年（820）冬，韩愈再次回到了长安，任国子祭酒。次年夏，他又升任兵部侍郎。彼时，镇州（今河北正定）发生兵变，成德节度使田弘正被杀。都知兵马使王庭凑自封为留后，还向朝廷提出不少无理要求。

长庆二年（822）初，唐穆宗命韩愈出使镇州。虽知此行凶险至极，韩愈还是毅然前往。到镇州后，王庭凑的下属对韩愈怒目相向，时刻准备杀之而后快。然而，韩愈并不畏惧。他以安禄山、吴元济等人为例,向王庭凑及其将士们说明背叛朝廷的下场。最后,韩愈说服了王庭凑。与对方一番痛饮后,他回朝廷复命,受到了穆宗的褒奖。

长安晚春,韩愈独行陌上。

那日,柳絮漫天,如雪花般飞舞。他作了首《晚春》:

草树知春不久归,百般红紫斗芳菲。
杨花榆荚无才思,惟解漫天作雪飞。

那年九月,韩愈任吏部侍郎。次年,他又升任京兆尹兼御史大夫。那时候,宦官气焰嚣张,很多朝臣必须参谒他们。韩愈对宦官不屑,不去参谒,结果被弹劾,改任兵部侍郎。

长庆四年(824)深冬,韩愈病逝,终年五十七岁。离世后,他获赠礼部尚书。两百多年后,宋神宗追封韩愈为昌黎伯。不过,那时的韩愈,已沉睡很久。

经历了多次浮沉起落,他仍是那个磊落的文人。

因此,离开的时候,他应该是坦然的。

一千多年后,沿着岁月的缝隙,我们还能依稀看到他的身影。某年某日,他独自游赏于长安城南。那时候,他已须发花白。忆起生平之事,他感慨万千,作了首《遣兴》:

断送一生惟有酒,寻思百计不如闲。
莫忧世事兼身事,须著人间比梦间。

他曾在人间忙忙碌碌。

后来，他终于发现，闲适才是最重要的。

所有的日子，都可以交给一杯酒。

3

他是儒雅的，亦是耿介的。

与人交往，他只看性情，不管对方贫富贵贱。

对于才华横溢的后辈，他总会尽自己之力奖掖和提携。反之，对那些庸俗的王侯权贵，他总是冷眼相对。虽然身在官场，但他从不怕因此得罪人。他是个光风霁月的文人。

英年早逝的李贺曾受韩愈的提携。李贺才华横溢，被称为"诗鬼"。人们说，李白是仙才，李贺是鬼才。那句"衰兰送客咸阳道，天若有情天亦老"，就出自李贺之手。他天生聪慧，七岁便能作诗。当时，韩愈和皇甫湜前往造访，李贺当场作了首《高轩过》：

华裾织翠青如葱，金环压辔摇玲珑。
马蹄隐耳声隆隆，入门下马气如虹。
云是东京才子，文章巨公。
二十八宿罗心胸，元精耿耿贯当中。
殿前作赋声摩空，笔补造化天无功。
庞眉书客感秋蓬，谁知死草生华风。
我今垂翅附冥鸿，他日不羞蛇作龙。

七岁的李贺，让韩愈和皇甫湜无比吃惊。此后，李贺仍旧焚膏继晷，坚持苦读。有时候，他会骑着驴漫游，心中有佳句便立即写下来投入随身携带的囊中，回家后再整理成诗。十几岁时，他已名满京城。

李贺曾带着一首《雁门太守行》拜谒韩愈。韩愈相信，李贺参加科举，必能顺利登第。可惜，父亲离世，李贺不得不守孝三载。元和五年（810），李贺顺利通过河南府试。然而，在次年参加京城会试时，一些嫉妒他才华的士子放出流言，说李贺父亲名为晋肃，"晋"与"进"同音，犯了忌讳，因此李贺不能参加考试。

闻听此事后，韩愈甚是气愤，他特意写了篇《讳辩》声援李贺。韩愈在文章中说，既然父亲名为晋肃，儿子便不能参加科考，那么父亲若是名为"仁"，儿子岂不是不能做人？可惜，韩愈的声援并未奏效。李贺不得不离开考场。尽管如此，韩愈还是不遗余力对李贺进行了荐举。终于，李贺被任命为奉礼郎。可惜的是，妻子早逝后，李贺终日郁郁寡欢。二十七岁，李贺便离开了人世。

韩愈早年曾与张籍、孟郊交好。身份显贵后，韩愈依旧不忘旧交，闲暇时常与二人把酒酬唱。对张籍来说，韩愈亦师亦友。据冯贽《云仙散录》记载，张籍极其欣赏杜甫，他曾将杜甫的诗焚烧，再将纸灰拌上蜂蜜，日食三勺。别人问他原因，他解释说，吃了杜甫的诗，定能写出好诗。

长庆元年（821），经韩愈荐引，张籍任国子博士，后又迁升为水部员外郎。在长安，韩愈常与张籍相约，游赏于郊野，看山看水。自然，他们也时常流连于诗酒风月。长庆三年（823）早春，一场雨后，杨柳依依。韩愈作了《早春呈水部张十八员外二首》：

天街小雨润如酥,草色遥看近却无。
最是一年春好处,绝胜烟柳满皇都。

莫道官忙身老大,即无年少逐春心。
凭君先到江头看,柳色如今深未深。

  韩愈说,不论多忙,都不要忽略美景。
  的确,走过红尘,我们都应带着一颗赏景之心。
  那时候,韩愈虽与白居易同朝为官,却不相往来。起因是,白居易推崇杜甫,对李白则有贬抑之意。他在《与元九书》中说:"诗之豪者,世称李、杜。李之作才矣奇矣,人不逮矣。索其风雅比兴,十无一焉。杜诗最多,可传者千余首。至于贯穿今古,诊缕格律,尽工尽善,又过于李。"
  对此,韩愈极为不屑。他在《调张籍》一诗中写道:"李杜文章在,光焰万丈长。不知群儿愚,那用故谤伤?蚍蜉撼大树,可笑不自量。"在韩愈看来,李白和杜甫一样伟大,如两座无人登临的高山。
  韩愈和白居易关系僵化,张籍想要从中调和。一日,张籍与韩愈饮酒,不经意间说起白居易,张籍故意对其表达了赞誉之情。韩愈立即会意,写了首《早春与张十八博士籍游杨尚书林亭寄第三阁老兼呈白冯二阁老》:

墙下春渠入禁沟,渠冰初破满渠浮。
凤池近日长先暖,流到池时更不流。

韩愈的意思是，他与白居易并无隔阂。因此，他写诗问白居易，心里的冰是否已消融。不久后，张籍将这首诗转交给白居易，白居易回了一首《和韩侍郎题杨舍人林池见寄》：

渠水暗流春冻解，风吹日炙不成凝。
凤池冷暖君谙在，二月因何更有冰？

可惜的是，在两人要冰释前嫌的时候，韩愈受命出使镇州。后来，春和景明的日子，韩愈和张籍以及几个同僚同游曲江，想邀请白居易同游，结果白居易称脱不开身。韩愈于是写了首《同水部张员外曲江春游寄白二十二舍人》：

漠漠轻阴晚自开，青天白日映楼台。
曲江水满花千树，有底忙时不肯来。

很快，韩愈就收到了回诗。
白居易的回诗题为《酬韩侍郎张博士雨后游曲江见寄》：

小园新种红樱树，闲绕花行便当游。
何必更随鞍马队，冲泥踏雨曲江头。

在白居易看来，除了张籍，与韩愈同游的皆是阿谀逢迎之辈。因此，他宁可在自家小园独自赏花，也不愿前往曲江。不过，后来白居易和韩愈相处融洽，也曾把酒倾谈。白居易在《久不见韩侍郎戏题四韵以寄之》中写道:"近来韩阁老,疏我我心知。户大嫌甜酒,才高笑小诗。"戏言之中,颇见情意。韩愈离世后,白居易甚是难过。

大唐的岁月里,从来不缺诗酒。

自然,也不缺风雅。

欧阳修
平芜尽处是春山,行人更在春山外

1

他自称醉翁。

一生坎坷,却又一生风雅。

他就是欧阳修,字永叔,晚年自号六一居士。

他与韩愈、柳宗元、苏轼、苏洵、苏辙、王安石、曾巩并称"唐宋八大家",又与韩愈、柳宗元、苏轼并称"千古文章四大家"。他诗文俱佳,倡导古文革新,提倡文章深入浅出,于平淡中见深刻。

欧阳修晚年曾主持修撰《新唐书》,同时参与修撰的还有宋祁。宋祁写文章喜欢用生僻字,修唐书时将"迅雷不及掩耳"写成"震霆无暇掩聪"。因为宋祁是前辈,欧阳修不好直言。一日清晨,欧阳修在唐书局的门上题写了八个字:"宵寐非祯,札闼洪休。"宋祁看了后,思索良久,明白了这八个字不过是"夜梦不详,题门大吉"的意思。自然,他也明白了欧阳修的用意,后来写文章也渐渐变得平易。

欧阳修四岁时,父亲欧阳观离世。此后,他随着母亲前去投奔叔父欧阳晔,过着寄人篱下的生活。好在母亲郑氏出身于书香门第,她教导欧阳修，不敢有丝毫懈怠。她曾用芦秆教欧阳修在沙地上写字，这便是成语"画荻教子"的由来。

十岁那年，欧阳修偶得韩愈文集，爱不释手。他天资聪颖，又极是刻苦，因此学业进步神速。不过，他在十七岁和二十岁两次参加科考，皆以落榜结束。

天圣八年（1030），欧阳修终于进士及第，进入了仕途。发榜之前，欧阳修始终认为自己将是状元，为此还特意做了一身新衣。没想到，他带着新衣回到客栈，被另一举子王拱辰抢去，穿了起来，还让别人看他是否像个状元。让人意外的是，王拱辰果然是那年的状元，而信誓旦旦要夺魁的欧阳修仅得了第十四名。据主考官晏殊说，当时的欧阳修锋芒太露，考官想挫其锐气，促他成才。

宋代流行"榜下捉婿"，许多王公贵族喜欢在新科进士里选取女婿。欧阳修登第后，名臣薛奎对他甚是赏识，想将女儿许配给他。然而，欧阳修已被恩师胥偃预定为女婿。登第次年，欧阳修迎娶了妻子胥氏。新婚宴尔，他作了首《南歌子》：

凤髻金泥带，龙纹玉掌梳。走来窗下笑相扶。爱道画眉深浅、入时无。

弄笔偎人久，描花试手初。等闲妨了绣功夫。笑问鸳鸯两字、怎生书。

印象中，欧阳修是个老夫子。
真实的情况是，他是个风雅的文人。
懂情趣，解风情，这才是他。

新婚的女子，几分娇羞，几分欢喜。她偎着他，描花试手，问他眉毛画得是否入时。刺绣的时候，她又故意问他，"鸳鸯"两个字如何写。在妻子面前，欧阳修是个儿女情长的词人。想必，他也对妻子说过甜言蜜语。或许，他们也曾说过白头偕老。

可惜，说好的不离不弃，突然间就不作数了。几年后，胥氏病故。欧阳修终于还是做了薛奎的女婿，娶了薛家二女儿为妻。巧合的是，薛奎的大女婿正是与欧阳修同时进士及第且是头名状元的王拱辰。后来，王拱辰的妻子离世，他又续娶了薛奎的三女儿。对此，欧阳修写了副对联调侃："旧女婿为新女婿，大姨夫作小姨夫。"

在宋代，姐姐离世，妹妹续嫁极为寻常。宰相王曾与王拱辰经历相似。王曾也是状元，其发妻出身普通，新婚未久即离世。后来，王曾娶了李沆的女儿。没想到，李氏也于几年后病故。其后，王曾又续娶了李氏的妹妹，继续做李沆的女婿。

进士及第后，欧阳修被授予将仕郎之职，充任西京（洛阳）留守推官。在洛阳，欧阳修结识了梅尧臣，两人成了一生至交。当时，上司钱惟演性情开朗大方，颇好风雅，对下属管束不严，因此欧阳修的日子过得很是清闲快意。

不过，欧阳修后来的仕途并不平坦。景祐元年（1034），他被召入朝廷，任馆阁校勘。离开洛阳时，同僚为他饯行，欧阳修作了首《玉楼春》：

尊前拟把归期说，未语春容先惨咽。人生自是有情痴，此恨不关风与月。

离歌且莫翻新阕，一曲能教肠寸结。直须看尽洛城花，始共春风容易别。

人世间，离别时时都在上演。

深情的人，总会因离别而黯然神伤。

这样的悲伤，与风花雪月无关。

景祐三年（1036），因为参与范仲淹的改革，欧阳修被贬为夷陵（今湖北宜昌）县令。几年后，他被召回朝廷任职。庆历三年（1043），范仲淹等人推行"庆历新政"，欧阳修支持新政。改革失败后，他被贬为滁州知府。其后，他又先后在扬州、颍州等地任职。欧阳修再度回朝后，官至参知政事、刑部尚书、兵部尚书。

熙宁四年（1071）夏，欧阳修以太子少师致仕。其后，他闲居颍州，一年后离世，终年六十六岁。离世后，他先是获赠太子太师，后又获赠谥号"文忠"。

人生来去，只如花开花谢。

花开鲜妍，花落无痕。一场人生一场梦。

蓦然回首，已是归去之时。

2

真实的欧阳修，是个风雅的人。

他喜欢山水林泉，也喜欢诗酒趁年华。

每登山临水，他总不忘填词作诗。

应该说，他是个十足的词人。

在洛阳时，欧阳修的日子很是惬意。上司钱惟演为吴越王钱镠曾孙，待下属极为宽厚。那时候，欧阳修常与好友游山玩水，把酒临风。一个秋日，他与好友漫步郊野，作了首《秋郊晓行》：

寒郊桑柘稀，秋色晓依依。野烧侵河断，山鸦向日飞。
行歌采樵去，荷锸刈田归。秫酒家家熟，相邀白竹扉。

秋高气爽，漫步郊野，自有几分闲情。

诗里说"煮酒烧红叶""和露摘黄花"。那日的欧阳修等人便是如此。游至山间，他们还受邀到田家做客，饮了些酒，尽兴而归。那画面，分明就是孟浩然笔下的"开轩面场圃，把酒话桑麻。待到重阳日，还来就菊花"。

冬日里，欧阳修与谢绛等人登临嵩山。飞雪连天，他们就在山中漫步赏雪。突然间，他们见数人骑马而来。原来，钱惟演得知他们登山游赏，特意派来了歌伎和厨师，并且传话给他们，衙门事务不多，他们可以尽情赏景。

钱惟演对欧阳修有知遇之恩，他曾对欧阳修说："平生惟好读书，坐则读经史，卧则读小说，上厕则阅小辞。"欧阳修对谢绛说，自己平生文章，多半在"三上"写成，即马上、枕上、厕上。他说，身处"三上"最易于构思。

与许多风流才子相似，欧阳修也与舞姬、歌女有着斩不断理还乱的关系。在洛阳，他曾与一位歌伎极是投缘。一日，钱惟演设宴款待下属，欧阳修与那位歌伎因相约外出而迟到。歌伎借口说是为了寻觅发钗，钱惟演却心知肚明，罚欧阳修作词一首。于是，欧阳修当众作了首《临江仙》：

柳外轻雷池上雨，雨声滴碎荷声。小楼西角断虹明。阑干倚处，待得月华生。

燕子飞来窥画栋，玉钩垂下帘旌。凉波不动簟纹平。水精双枕，傍有堕钗横。

这首词的结尾，为歌伎圆场的同时，也暗示了两个人的风流情趣。那支发钗，原来就在枕边。"水精双枕，傍有堕钗横"，让人浮想联翩。一个人，是无须双枕的。

在滁州时，欧阳修虽是被贬至此，却仍过着流连诗酒的日子。而且，他不仅与文人雅士同游共醉，也常与寻常百姓登山临水，带着醉意回到衙署。那时候，他只是个与民同乐、带着一颗赤子之心的文人。

很多官员，对待上司低眉顺眼，对待下属趾高气扬。而欧阳修，对上不阿谀逢迎，对下不颐指气使，始终保持着一颗平常心。我以为，真正的高贵应是如此。

欧阳修不胜酒力，却喜欢饮酒，因此自称醉翁。一日，他与一群百姓登临琅琊山，在醉翁亭酩酊大醉。下山后，他写了篇《醉翁亭记》。他在文中写道："醉翁之意不在酒，在乎山水之间也。山水之乐，得之心而寓之酒也。"他还说："禽鸟知山林之乐，而不知人之乐；人知从太守游而乐，而不知太守之乐其乐也。"李白斗酒诗百篇，欧阳修不似李白那般豪纵，却也是个真正的文人。山水之乐、诗酒之情，他都懂得。

在滁州时，欧阳修作过一首《游琅琊山》：

南山一尺雪，雪尽山苍然。涧谷深自暖，梅花应已繁。
使君厌骑从，车马留山前。行歌招野叟，共步青林间。
长松得高荫，盘石堪醉眠。止乐听山鸟，携琴写幽泉。
爱之欲忘返，但苦世俗牵。归时始觉远，明月高峰巅。

他曾与山翁携手漫步，也曾于磐石上醉眠。

当然，他也曾携琴去往山间，在琴声里忘记俗事。

往往，夕阳西下时分，他才会悠然归去。

后来，欧阳修改知扬州，日子依旧清朗快意。只可惜，隔着两百年，他无法与那位叫杜牧的诗人同游山水。不过，性情旷达的他在扬州并不缺朋友，他们时常游赏于山间水湄。

在扬州，欧阳修修建了平山堂，每年夏天都会与好友相聚于此。自然，每次都有歌伎助兴。欧阳修总会派人采来荷花，插于瓶中，让歌伎相传，传至谁便摘一片花瓣，摘到最后一片的人要饮酒一杯。这便是宋代文人的生活。

欧阳修最喜欢的城市应该是颍州，因此他选择了在此养老。颍州西湖与杭州西湖、惠州西湖及扬州瘦西湖并称中国四大西湖。颍州西湖虽声名不及杭州西湖，却也是水光潋滟、景色秀逸，游人不绝。欧阳修在颍州任职时，对西湖进行了疏浚，还在堤上遍种草木花卉。他时常来此，或漫步湖畔，或泛舟湖上。泛舟西湖，欧阳修曾作十几首《采桑子》，每首的首句都有"西湖好"三字。那日，夕阳之下，西湖宛然是夕阳中的新娘：

残霞夕照西湖好，花坞蘋汀。十顷波平，野岸无人舟自横。

西南月上浮云散,轩槛凉生。莲芰香清,水面风来酒面醒。

泛舟湖上,欧阳修也喜欢饮酒。
半醉半醒,游荡于湖上,别有一番情趣。

画船载酒西湖好,急管繁弦。玉盏催传,稳泛平波任醉眠。
行云却在行舟下,空水澄鲜。俯仰留连,疑是湖中别有天。

风清月白之夜,欧阳修再次泛舟西湖。世间千古,浮沉聚散,仿佛都在那一池水里,荡涤成了当日当时的悠闲。人在舟中,不羡鸳鸯不羡仙。

天容水色西湖好,云物俱鲜。鸥鹭闲眠,应惯寻常听管弦。
风清月白偏宜夜,一片琼田。谁羡骖鸾,人在舟中便是仙。

可以说,颍州是欧阳修的第二故乡。辞官之后,他将自己的暮年交给了颍州。远离了官场,他过着赏景写诗、饮酒填词的日子。离世那年,他写过一首《寄河阳王宣徽》:

谁谓萧条颍水边,能令嘉客少留连。肥鱼美酒偏宜老,明月清风不用钱。
况直湖园方首夏,正当樱笋似三川。自知不及南都会,勉强犹须诧短篇。

李白在《襄阳歌》中写道:"清风朗月不用一钱买。"欧阳修化用李白的诗句,表达了寄身云水的悠闲。那时候,他只是个吟风弄月的词人。

仕途坎坷,他从未低回冷落。

因为性情旷逸,他将人生过出了格局和兴味。

生于尘世,每个人都应如此。

3

诗人是不能没有朋友的。

没有朋友,便是酒无人对,诗无人和。

欧阳修最好的朋友,当数梅尧臣。

梅尧臣字圣俞,世称宛陵先生。他善于作诗填词,与苏舜钦并称"苏梅"。梅尧臣出身贫寒,仕途偃蹇,欧阳修对他多有照拂和资助。

某年在洛阳任职,欧阳修与梅尧臣相遇,皆有相见恨晚之感。此后数年,他们经常相约同游山水,共醉云下。后来,欧阳修在《书怀感事寄梅圣俞》中记录了他们初见时的情景和心情:

三月入洛阳,春深花未残。龙门翠郁郁,伊水清潺潺。
逢君伊水畔,一见已开颜。不暇谒大尹,相携步香山。

性情相投的人,总会彼此吸引。

那日,他们在伊水之畔相逢,都无比欢喜。

他们皆是豪放之人，很快便成了好友。

在洛阳三年后，欧阳修被召入朝。临行前，他与梅尧臣对酌，甚是感伤。那日席间，欧阳修作了首《浪淘沙》：

把酒祝东风，且共从容。垂杨紫陌洛城东。总是当时携手处，游遍芳丛。

聚散苦匆匆，此恨无穷。今年花胜去年红。可惜明年花更好，知与谁同。

离别，就像花落无声。

面对离别，真性情的人总会感伤。

即使是欧阳修这样豁达的人，也免不了。

人生，本就是在一次次的离别中进行的。曾经同行的人，不知不觉已各自天涯，两无消息。说好的一起走，总是难以兑现。终究，谁也敌不过世事无常。花开得再好，若只是独自欣赏，终不免寥落。

分别之后，他们始终惦念着彼此。欧阳修诗中说："相别始一岁，幽忧有百端。"离别仅一年，他已是愁肠百结。梅尧臣写诗说："相望未得亲，终朝如抱疢。"也就是说，隔着山高水长无法相见，就像患病一般。

欧阳修与梅尧臣都不负知己二字。梅尧臣仕途坎坷，欧阳修始终待他如初。欧阳修屡次因参与变法被贬，梅尧臣也从不曾疏远他。欧阳修离开夷陵后，曾在乾德（今湖北老河口）任职。当时，梅尧臣在襄城任知府。两人告假相聚于清风镇，盘桓数日。分别时，梅尧臣作了首《送永叔归乾德》：

渊明节本高，曾不为吏屈。斗酒从故人，篮舆傲华绂。
悠然目远空，旷尔遗群物。饮罢即言归，胸中宁郁郁。

在梅尧臣眼中，欧阳修如陶渊明那般傲岸。

一番浅斟低唱后，他们再次告别，又是数年未见。

不过，即使远隔千里，他们的唱和也从未中断。通过遥寄书信，总能从对方那里觅得几分慰藉。真正的朋友，不是推杯换盏，而是患难与共、肝胆相照，即使各自天涯，也是彼此从不熄灭的灯火。想念梅尧臣时，欧阳修作了首《寄圣俞》，他在诗中写道：

壮心销尽忆闲处，生计易足才蔬畦。
优游琴酒逐渔钓，上下林壑相攀跻。
及身强健始为乐，莫待衰病须扶携。
行当买田清颍上，与子相伴把锄犁。

欧阳修希望，他们能在颍州买田，结邻而居。

可惜，这样的愿望未能实现。

庆历八年（1048），欧阳修任扬州知州。夏日，梅尧臣路过扬州，与欧阳修相与多日。他们白日游山玩水，夜晚秉烛倾谈，评古论今。欧阳修作了首《夜行船》：

忆昔西都欢纵，自别后有谁能共。伊川山水洛川花，细寻思旧游如梦。

今日相逢情愈重，愁闻唱画楼钟动。白发天涯逢此景，倒金尊殓谁相送。

数日后,他们再次作别。

扬州的山水间,欧阳修送了又送。

杜甫说:"明日隔山岳,世事两茫茫。"他们都不知道,此一别是否还能重逢。幸运的是,后来欧阳修重回朝廷,经他举荐,梅尧臣也入朝任职。

晚年的欧阳修,受仁宗重用,仕途稳步攀升。而梅尧臣,始终徘徊于低位。梅尧臣性情孤傲,从不踏入权贵之门,即使是至交欧阳修家,他也不曾造访。欧阳修懂得梅尧臣,见好友有困难,便尽力接济。

嘉祐五年(1060),汴京暴发疫病,梅尧臣于四月间染病而逝,欧阳修心痛无比。他在《哭圣俞》一诗中写道:"命也难知理莫求,名声赫赫掩诸幽。翩然素旐归一舟,送子有泪流如沟。"知己故去,整个世界尽是荒芜。

除了梅尧臣,欧阳修与苏轼也交情笃厚。嘉祐二年(1057),礼部贡举在京举行,欧阳修为主考官,梅尧臣为点检试卷官。当时的试卷是糊名的,看到一篇文章甚是出众,欧阳修认定是自己的学生曾巩所作,为了避嫌,他将那个举子定为第二名。结果,那篇文章的作者是苏轼。

欧阳修非常欣赏苏轼的才华,他在《与梅圣俞书》中写道:"读轼书,不觉汗出,快哉快哉!老夫当避路,放他出一头地也。"而且,欧阳修还对人说,三十年后,世人将会忘记他的名字。言下之意,苏轼将会文名盖世。苏轼没有让他失望,后来果然成了文坛

巨擘。

对苏轼来说，欧阳修既是老师，也是忘年好友。在官场，他们互相照拂。闲暇时，他们时常相聚，把酒闲谈，纵论天下。在扬州时，欧阳修作过一首《朝中措·平山堂》：

平山阑槛倚晴空，山色有无中。手种堂前垂柳，别来几度春风。

文章太守，挥毫万字，一饮千钟。行乐直须年少，尊前看取衰翁。

欧阳修离世后，苏轼曾几次拜谒平山堂。

元丰二年（1079），苏轼来到扬州，重游平山堂，故人已去，他甚是感伤。一番凭吊后，苏轼受到了扬州知州的款待。席间，忆起欧阳修的风采，他作了首《西江月》：

三过平山堂下，半生弹指声中。十年不见老仙翁，壁上龙蛇飞动。

欲吊文章太守，仍歌杨柳春风。休言万事转头空，未转头时皆梦。

人们说，世事转头空。

其实，未转头时，人生也是一场幻梦。

梦里，花开如锦，花落无声。

题记

独一无二：别跟我说"李杜"，我是杜甫；别跟我说"苏辛"，我是辛弃疾。我们比一比，看谁能把"前缀"甩掉。

第七回合

杜甫 PK 辛弃疾

我们都不是二哥

杜 甫
会当凌绝顶，一览众山小

1

他是个慈悲的人。

他的一生，始终关心着民生疾苦。

只是，很无奈，他的人生是在失意中度过的。

他叫杜甫，字子美。他与李白齐名，并称"李杜"。人们说，杜甫不曾年轻，李白从未老去。这话有几分道理。印象中，李白永远都是那个洒脱不羁的模样，杜甫则是忧国忧民、白发苍苍的形象。因为杜甫，我们知道，有一种深情叫作慈悲。

杜甫的远祖杜预为晋代名将、大学者。杜预文武双全，著有《春秋左氏经传集解》《春秋释例》等。他是明朝之前唯一同时进入文庙和武庙之人。杜牧与晚唐诗人杜牧皆为杜预之后，不过，杜甫出自杜预次子杜耽，杜牧出自杜预少子杜尹。

杜甫的祖父杜审言甚是狂傲，曾自诩文采胜过屈原和宋玉，书法则可做王羲之的老师。当年，苏轼的远祖、唐代诗人苏味道在担任天官侍郎时，杜审言曾参加其主持的官员预选试判，杜审言对旁人说："味道必死！"他的解释是，苏味道读到他写的判词，必将为他的才华所折服，羞愧至死。

杜审言临终前，宋之问等人前去探望，杜审言说："我活着的时候，你们永无出头之日。如今我要死了，最遗憾的是后继无人。"临终前还如此狂傲，着实让人咋舌。

杜甫给人的印象是心怀天下、老成持重。但其实，他的性格里也有疏狂豪放的一面。他在《寄题江外草堂》中说："我生性放诞，雅欲逃自然。嗜酒爱风竹，卜居必林泉。"他也是位十足的诗人，喜欢饮酒，喜欢林泉山水，喜欢放浪形骸。

李隆基即位的那年，杜甫出生于河南巩县。他渐渐长大的那些年，正是大唐走向开元盛世的岁月。很可惜，在那段盛世华年里，他未能找到实现抱负的机会。那颗忧国忧民之心，虽不曾枯萎，却日渐荒凉。

年幼时，母亲不幸离世，父亲续弦，杜甫被姑姑接到洛阳，在那里度过若干年。姑姑待杜甫极好，杜甫始终感念于心。三十一岁那年，姑姑去世，杜甫写了篇墓志铭，据此记载，当时瘟疫肆虐，杜甫和姑姑的儿子同时染疾，姑姑为了照顾杜甫，甚至忽略了儿子，结果儿子不幸夭折。杜甫在墓志铭中写道："我用是存，而姑之子卒。"姑姑对杜甫的为人影响很大。杜甫的慈悲心肠，大概从幼时就形成了。

杜甫喜欢读书，可谓凡书无所不读。六七岁的时候，他已能作诗。许多年后，杜甫写过一首《壮游》，回忆自己的少年时光：

往昔十四五，出游翰墨场。斯文崔魏徒，以我似班扬。

> 七龄思即壮，开口咏凤凰。九龄书大字，有作成一囊。
> 性豪业嗜酒，嫉恶怀刚肠。脱略小时辈，结交皆老苍。
> 饮酣视八极，俗物都茫茫。

对于杜甫年少时的读书细节，我们不得而知。不过，杜甫在诗中写道："同学少年多不贱，五陵衣马自轻肥。"同学少年，风华正茂，他也有过年少轻狂的岁月。

白衣胜雪、裘马轻狂。原来，年少时的杜甫也曾潇洒度日。十四五岁时，他时常参加各种文人雅集和宴会，颇受前辈文人赏识。得前辈引荐，他走入了岐王李范与玄宗宠臣崔涤的府邸，在那里他认识了善歌的李龟年。多年后，杜甫浪迹天涯，漂泊至潭州（今长沙），与李龟年邂逅，再次听到李龟年的歌声，不禁悲从中来，写了首《江南逢李龟年》，他说："正是江南好风景，落花时节又逢君。"那时候，开元盛世已成回忆，大唐王朝风雨飘摇。

对许多人来说，开元盛世都是一场梦。

梦里年华似锦，大唐王朝河清海晏，八方来朝。

梦醒的时候，流水落花春去。

年轻的时候，杜甫也曾漫游江南，在吴越等地于山水之间尽情游赏。那时候，他是位纯粹的诗人，喜欢把酒停云，喜欢吟风弄月。可惜，在江南的时候，他错过了李白。

杜甫喜欢写诗，也喜欢饮酒。事实上，他亦如李白，是个嗜酒之人，正如上面那首《壮游》所写："性豪业嗜酒，嫉恶怀刚肠。"或许，在大唐，一位不喜饮酒的诗人算不得真正的诗人。纵然酒入愁肠化作泪，也是一种美好。

在长安时,杜甫也总是一副醉意蒙眬的模样。即使生活困顿,他也不忘饮酒。如许多诗人,他也喜欢将岁月安置在酒杯里,过着酒里乾坤、杯中日月的生活。他作有《曲江二首》,第二首是这样的:

朝回日日典春衣,每日江头尽醉归。
酒债寻常行处有,人生七十古来稀。
穿花蛱蝶深深见,点水蜻蜓款款飞。
传语风光共流转,暂时相赏莫相违。

典当了衣服也要换酒喝,这就是杜甫。

他知道,人生苦短,最重要的是活得自在潇洒。

天宝三载(744)初夏,杜甫在洛阳遇见了被玄宗赐金放还的李白。两位性情相投的诗人,虽然相差十二岁,却很快成了无话不谈的朋友。有人白首如新,有人倾盖如故。人与人相交,最重要的是性情是否投合。杜甫与李白同游多日,别后亦是彼此挂念。安史之乱后,李白因参加永王东巡而入狱,杜甫写了首《不见》:

不见李生久,佯狂真可哀。世人皆欲杀,吾意独怜才。
敏捷诗千首,飘零酒一杯。匡山读书处,头白好归来。

那时候,杜甫在蜀中,那正是李白出发的地方。很遗憾,李白不曾回到故里。他被流放夜郎,后来虽获释,却于不久后在当涂离世。红尘相见,一别即是天涯。

因为好酒,杜甫作过一首《饮中八仙歌》:

知章骑马似乘船,眼花落井水底眠。
汝阳三斗始朝天,道逢曲车口流涎,恨不移封向酒泉。
左相日兴费万钱,饮如长鲸吸百川,衔杯乐圣称避贤。
宗之潇洒美少年,举觞白眼望青天,皎如玉树临风前。
苏晋长斋绣佛前,醉中往往爱逃禅。
李白一斗诗百篇,长安市上酒家眠。
天子呼来不上船,自称臣是酒中仙。
张旭三杯草圣传,脱帽露顶王公前,挥毫落纸如云烟。
焦遂五斗方卓然,高谈雄辩惊四筵。

这首诗以白描手法,勾勒了包括李白、贺知章、张旭在内的当时八位好酒之人的饮酒形象。自然,写的是酒徒们放浪形骸的画面,体现的却是大唐盛世士大夫的风采。我在想,假如杜甫不是个好酒之人,绝不会写这样一首诗。

很显然,那些脱略行迹的形象,正是他向往的。

他自己,何尝不是位嗜酒如命的诗人!

2

都说,穷则独善其身,达则兼济天下。

但对杜甫来说,却是位卑未敢忘忧国。

即使身份低微,即使生活窘困,他的心里也存着天下黎民苍生。

如许多文人,他读书不是为了吟风弄月,做位无所事事的诗人。杜甫的理想是"致君尧舜上,再使风俗淳"。他和好友李白一样,有一颗济世安民之心。

开元二十三年(735),二十四岁的杜甫参加科举名落孙山。此后,他闲游于齐赵大地,探古访幽,过着裘马轻狂的日子。偶尔,他也会与好友去打猎。多年后,苏轼随太守去打猎,在词里写道:"老夫聊发少年狂,左牵黄,右擎苍,锦帽貂裘,千骑卷平冈。为报倾城随太守,亲射虎,看孙郎。"年轻的杜甫意气风发,写诗说:"骁腾有如此,万里可横行。"虽然落榜,但他壮志未减,如那首《望岳》所写:

岱宗夫如何,齐鲁青未了。
造化钟神秀,阴阳割昏晓。
荡胸生曾云,决眦入归鸟。
会当凌绝顶,一览众山小。

天宝六年(747),玄宗开设制科考试,诏令凡有一技之长者皆能参加。杜甫参加了这次考试。没想到,考试之后,无一人入选。原来,李林甫在考试中做了手脚,还告诉玄宗野无遗贤。杜甫无奈,后来在诗里写道:"翻手作云覆手雨,纷纷轻薄何须数。"

四年后,玄宗举行祭祀大典,四十岁的杜甫进献了三篇"大礼赋",受到玄宗赏识。不久后,玄宗让宰相考核杜甫的诗文,因主试者又是李林甫,杜甫未能得到官职。

天宝年间的唐玄宗,已不复从前的雄心壮志,贪图享乐,过着声色犬马的生活。他对杨贵妃无比宠幸，结果是一人得道，鸡犬升天，杨贵妃的很多族人受到了重用。杜甫在《丽人行》里写道："炙手可热势绝伦，慎莫近前丞相瞋！"很显然，杜甫在为那个王朝担忧。

在长安困顿多年后，天宝十四载（755），四十四岁的杜甫被授予河西县尉之职，他拒不赴任，朝廷又让他改任兵曹参军。那年冬天，安史之乱爆发。

战争，往往是野心的产物，为了权力，总有野心家挑起战争。战争意味着生命凋零，意味着百姓流离、民生凋敝。战乱年代，杜甫那颗忧民之心无比疼痛。战争开始后，杜甫回到奉先（今陕西蒲城），没想到，等待他的竟是幼子的夭折。

安史之乱中，帝位易主，红颜逝去。

在一片兵荒马乱中，大唐盛世被踩得粉碎。

从前有多繁盛，后来就有多凄凉。

烽火连城的岁月里，许多人的人生发生了根本性的转折。杜甫颠沛流离很久。太子李亨在灵武即位，杜甫于是前往灵武投奔新君，却在途中被叛军擒获，被押至长安。所幸，他只是个小人物，最终侥幸逃脱。辗转途中，杜甫写有《春望》：

国破山河在，城春草木深。
感时花溅泪，恨别鸟惊心。
烽火连三月，家书抵万金。
白头搔更短，浑欲不胜簪。

花开陌上,他却是忧心忡忡。

山河破碎的时候,没有人能够安心赏景。

终于,至德二载(757),杜甫在凤翔(今陕西宝鸡)见到了肃宗,被封为左拾遗。然而,为了解救赏识他的房琯,杜甫被贬至华州。这年冬天,长安光复,杜甫又短期任左拾遗,其后(758)又被贬为华州司功参军。次年,杜甫作了著名的"三吏""三别",满纸尽是悲哀。那颗忧民之心,始终在滴血。

因难见曙光,杜甫于乾元二年(759)辞去了华州司功参军之职,辗转来到了成都。若干年后,杜甫又来到了夔州(今重庆奉节)。在那里,杜甫受到了都督柏茂琳的照顾,先是租得若干公田耕种,后又获赠四十亩柑林。

杜甫在夔州的日子可谓滋润。除了少年时期,他从未如此安逸过。他有大把时间饮酒写诗,在夔州两年,作诗四百余首。他也喜欢游走于山水之间,或者与三五好友探幽访古。尽管如此,那颗慈悲的心仍在跳动着。他知道,无数苍生仍旧过着水深火热的生活。也因此,即使是登高览胜,他也忍不住忧愁,如那首《登高》所写:

风急天高猿啸哀,渚清沙白鸟飞回。
无边落木萧萧下,不尽长江滚滚来。
万里悲秋常作客,百年多病独登台。
艰难苦恨繁霜鬓,潦倒新停浊酒杯。

江山社稷、黎民疾苦,都在他心里。
因此,他不允许自己独享安乐和太平。

一个心存天下的人，是很难独善其身的。杜甫的茅庐被风刮破，他心里惦记的仍是天下苍生，他说："安得广厦千万间，大庇天下寒士俱欢颜。"是的，如果可以，他宁愿自己忍饥挨饿，也要让天下人过得舒心惬意。

大历三年（768），杜甫思念故乡，计划乘舟回去。他来到岳阳，登临岳阳楼，作有《登岳阳楼》。他在诗中写道："亲朋无一字，老病有孤舟。"那日，登高远眺，看到的是满世界的荒凉。他已苍老，到了蓦然回首的时候。

两年后，一个萧瑟的冬日，他在一叶小舟上离世。

五十九岁，他终于结束了漂泊。

所有流浪，都是归程。

3

人生偃蹇，壮志未酬。

但他，从未熄灭心中的火，从未舍弃悲悯之心。

当然，让人感动的，还有他对妻子的深情。

花花世界，总有人朝秦暮楚，却也有人，一生只爱一个人。

杜甫便是如此。木心在诗里写道："从前的日色变得慢。车、马、邮件都慢，一生只够爱一个人。"杜甫做到了。或许，他的妻子并非花容月貌，但在他眼中，她便是世间最美的风景。遇见她，他再无别的念想。

汤显祖在《牡丹亭》题词中写道："情不知所起，一往而深。生者可以死，死可以生。生而不可与死，死而不可复生者，皆非情之至也。"我想，最美的爱情，莫过于执子之手，与子偕老。

开元二十九年（741），杜甫迎娶了司农少卿杨怡之女为妻。那是她最好的年纪，她带着最好的自己嫁给了困顿的诗人，从此无怨无悔。他的悲喜，他的哀愁，他的悲天悯人，她都懂。后来的许多年，生活虽然窘困，他们却始终不离不弃。

好的爱情，不是轰轰烈烈。

而是，你若不离不弃，我必生死相依。

执手红尘，从少年到白头，这才是最好的爱情。

印象中的杜甫，是不懂浪漫的。然而，恰恰是这位看似古板的诗人，给这个世界贡献了真正的浪漫。安史之乱中，为了追寻肃宗，杜甫曾被叛军俘获，押至长安。那年中秋，他忆起妻儿，写了首《月夜》：

今夜鄜州月，闺中只独看。

遥怜小儿女，未解忆长安。

香雾云鬟湿，清辉玉臂寒。

何时倚虚幌，双照泪痕干。

这首诗，翻译过来的大体意思是：此夜的明月，你在闺中独自观看。儿女们年幼，不知你为何思念长安。月光之下，你玉臂生寒，鬓发被雾气打湿。不知何日能共坐月下，让我把你的泪痕拭干。谁能想到，慈悲的杜甫，能这般儿女情长？

后来，终于与妻儿重逢，杜甫又作诗说："妻孥怪我在，惊定还拭泪。世乱遭飘荡，生还偶然遂。邻人满墙头，感叹亦歔欷。夜阑更秉烛，相对如梦寐。"一个男子，当他为妻子轻轻拭去眼泪的时候，那份温柔是无与伦比的。

人们说，你羡慕我一身潇洒，无牵无挂，我却羡慕你有家，有他，有人等你回家。这话读来让人感伤。总有人喜欢独来独往，浪迹多年终于发现，最温暖的是家人。瘦马天涯，若知道远方有一盏灯为自己亮着，那便是幸福。

四十八岁那年，杜甫几经辗转来到了成都。在好友严武等人的资助下，他在浣花溪畔筑了一座草堂，过上了悠闲的日子。那时候，妻儿在侧，诗酒在手，他甚是舒畅。他也喜欢好友造访草堂，如那首《客至》所写："肯与邻翁相对饮，隔篱呼取尽余杯。"那时候，时光里满是悠然，杜甫暂忘了人生悲苦。

春雨绵绵时，杜甫写诗说："好雨知时节，当春乃发生。随风潜入夜，润物细无声。"夏日里，他喜欢与妻子泛舟，也喜欢与妻子对弈。他写诗说："昼引老妻乘小艇，晴看稚子浴清江。"另外，他还写了首《江村》：

清江一曲抱村流，长夏江村事事幽。
自去自来梁上燕，相亲相近水中鸥。
老妻画纸为棋局，稚子敲针作钓钩。
但有故人供禄米，微躯此外更何求？

或许是这样：那日，凉风习习，杜甫正在独酌，此时的妻子正在用纸画棋盘，幼子则在做鱼钩。饱受颠沛流离之苦后，这样的悠闲画面，杜甫很喜欢。有温婉的妻子，有活泼的儿女，有山水相依，

他感到无比满足。

人生，原本可以如此悠闲。

放下俗事，回归自我，我们都可以寻得自在。

生活中的悲喜起落，杜甫都喜欢与妻子分享。他知道，既然娶了那女子，他们的一切便连在了一起，酸甜苦辣都属于两个人。五十二岁那年，闻听官军收复蓟北，杜甫作了首《闻官军收河南河北》：

剑外忽传收蓟北，初闻涕泪满衣裳。
却看妻子愁何在？漫卷诗书喜欲狂。
白日放歌须纵酒，青春作伴好还乡。
即从巴峡穿巫峡，便下襄阳向洛阳。

懂得分享，愿意分担，这是幸福的前提。

那个知冷知热的贤惠女子，配得上杜甫的深情。

所谓的幸福，不是良田广厦，不是锦衣玉食，而是寻常的日子依旧。有个知心的人，有聪明活泼的孩子，彼此依靠，彼此温暖，这便是极大的幸福。若再有三五知己，能偶尔把酒言欢，便是锦上添花。

辛弃疾
金戈铁马，气吞万里如虎

1

他是个词人。

但同时，他又是个气贯长虹的将军。

描摹山水，醉卧云下，是他；指点江山，一剑霜寒，也是他。

他便是辛弃疾，字幼安，号稼轩，豪放派词人代表，与苏轼并称"苏辛"。准确地说，苏轼主要是豁达，辛弃疾是真的豪放。他说："男儿到死心如铁。看试手，补天裂。"他说："唤起一天明月，照我满怀冰雪，浩荡百川流。鲸饮未吞海，剑气已横秋。"读他的词，总能找到气冲霄汉的气魄。比如，那首《水调歌头·寿赵漕介庵》：

千里渥洼种，名动帝王家。金銮当日奏草，落笔万龙蛇。带得无边春下，等待江山都老，教看鬓方鸦。莫管钱流地，且拟醉黄花。

唤双成，歌弄玉，舞丽华。一觞为饮千岁，江海吸流霞。闻道清都帝所，要挽银河仙浪，西北洗胡沙。回首日边去，云里认飞车。

扫尽胡尘,北定中原,是他的毕生愿望。

西北洗胡沙,分明就是"西北望,射天狼"。

可惜,满腔热血,赤胆忠心,却是壮志难酬。

辛弃疾的一生,命运坎坷,仕途颠簸,但他从未放弃收复中原的宏愿。在他的词里,不乏山水田园闲趣,但更多的是对山河社稷的深情,以及恢复无望的愤懑。

绍兴十年(1140),辛弃疾出生于济南。彼时,济南为金人所占,辛弃疾自幼看惯了金人统治下黎民百姓生如草芥,也因此对金人恨之入骨。苦读诗书的同时,他也习武,以收复河山为志向。

绍兴三十一年(1161),金主完颜亮挥兵南侵,辛弃疾参加了耿京的起义军,并担任掌书记。意气风发的年岁,与金人作战,他是豪气干云、不畏生死的战士。

为了壮大起义军,辛弃疾推荐义端和尚做了耿京的副将。没想到,义端野心勃勃,不愿屈居耿京之下。一天夜里,辛弃疾与耿京外出,义端盗走了义军印信。辛弃疾发誓,三天之内必擒义端。

很快,辛弃疾就追上了欲前去投奔金人的义端。义端苦苦求饶,辛弃疾不予理会,手起剑落,直入心口,然后取其首级,回义军中复命。

后来,完颜亮被部下杀害,金军撤退。辛弃疾建议投靠朝廷,耿京同意。于是,辛弃疾南下联络南宋朝廷,成功完成了使命。在他返程途中,耿京被叛徒张安国杀害,义军无人统率,成了散兵游勇。闻讯后,辛弃疾带着五十多人突袭金军大营,顺利擒获了张安国,将其押至临安。

南下之初,辛弃疾锐气难挡,以为会受到朝廷重用,收复中原指日可待。然而，宋高宗虽然赏识他，却并未真正重用他。其后的皇帝亦是如此。辛弃疾性情耿直倔强，又是坚定的主战派，因此在朝廷屡受排挤。他曾将苦心写成的《美芹十论》《九议》等平定中原的策略书献给朝廷，却都被无视。

多年后，与朋友闲谈，说起功业之事，辛弃疾忆起年轻时在义军中的往事，以及在朝廷中的遭遇，写了首《鹧鸪天·有客慨然谈功名，因追念少年时事，戏作》：

壮岁旌旗拥万夫，锦襜突骑渡江初。燕兵夜娖银胡䩮，汉箭朝飞金仆姑。

追往事，叹今吾，春风不染白髭须。却将万字平戎策，换得东家种树书。

那时候，他已是须发花白。

万字平戎策，只能换得邻居种树之书。

那时候，豪情虽未熄灭，却也所剩不多。

就职位来说，辛弃疾的仕途也不算太苍白。他先后担任过建康通判、滁州知州、江西提刑，后来做了安抚使。可惜，他要的不是高官厚禄，而是驰骋沙场、收复河山。壮志未酬，却成为封疆大吏，他做得很不踏实。

在地方任职，他始终在整顿吏治、惩治贪腐，还曾创建"飞虎军"。然而，他越是努力，就越被嫉妒和仇恨。淳熙八年（1181），他被弹劾杀人如麻，因此被罢官。此后，他开始了多年的闲居生活。十余年后，辛弃疾被起复，先后任福建提刑、福建安抚使等职。其后,他再次被弹劾罢官,回上饶闲居。

他的悲伤与无奈,留在那首《水龙吟·登建康赏心亭》里。那年,他在建康,登临赏心亭,遥望千古江山,想起自己空有满怀壮志却不受重用,于是写了这首词。

楚天千里清秋,水随天去秋无际。遥岑远目,献愁供恨,玉簪螺髻。落日楼头,断鸿声里,江南游子。把吴钩看了,栏干拍遍,无人会,登临意。

休说鲈鱼堪脍,尽西风季鹰归未?求田问舍,怕应羞见,刘郎才气。可惜流年,忧愁风雨,树犹如此!倩何人唤取,红巾翠袖,揾英雄泪?

一个朝廷,安放在烟水之间,摇摇欲坠。

贤才不受重用,英雄壮志难酬。辛弃疾无比愤懑。

英雄的泪水,只有交给岁月来擦拭。

嘉泰三年(1203),为了北伐,韩侂胄起用主战派,辛弃疾被任命为绍兴知府兼浙东安抚使。那时,他欣喜异常。然而,一如从前,他并未受到重用。其后,他被任命为镇江府知府。登临北固亭,他作了首《永遇乐·京口北固亭怀古》:

千古江山,英雄无觅,孙仲谋处。舞榭歌台,风流总被,雨打风吹去。斜阳草树,寻常巷陌,人道寄奴曾住。想当年金戈铁马,气吞万里如虎。

元嘉草草,封狼居胥,赢得仓皇北顾。四十三年,望中犹记,烽火扬州路。可堪回首？佛狸祠下，一片神鸦社鼓。凭谁问，廉颇老矣，尚能饭否？

廉颇老矣，尚能饭否。

显然，辛弃疾有毛遂自荐的意思。

然而，朝廷重用的是韩侂胄这样的庸才。

那些年，南宋朝廷有过数次北伐，可惜每次都没能人尽其才。这次北伐，仍以宋军的溃败而结束。失望之余，辛弃疾辞官而去。开禧三年（1207）深秋，辛弃疾凄然离世。临终前，他连呼三声"杀贼"。显然，他走得很不甘。

他是个真正的将军，本应跃马关河。

然而，南归多年，才华始终无处施展。

愤懑时，他写过一首《贺新郎》：

甚矣吾衰矣。怅平生交游零落，只今余几？白发空垂三千丈，一笑人间万事。问何物能令公喜？我见青山多妩媚，料青山见我应如是。情与貌，略相似。

一尊搔首东窗里。想渊明《停云》诗就，此时风味。江左沉酣求名者，岂识浊醪妙理？回首叫云飞风起。不恨古人吾不见，恨古人不见吾狂耳。知我者，二三子。

人生黯淡，我们不妨与青山深交。

青山虽不言不语，却能明白我们的悲喜。

山不来见你，你可以去见山。

2

辛弃疾喜欢山水田园。

在那里,他是完全属于自己的。

在那里,他可以流连山水,可以赏玩风月。

生活,永远都是深邃和无解的。许多事,我们无力掌控,尽力就好。辛弃疾虽胸怀大志,但处在那个时代,他注定落得苦闷和凄凉。于是,他选择了隐于山水之间。他不想用别人的错误来惩罚自己。

因为不受重用,还总是被排挤,性情孤傲的他早已厌倦了仕途。淳熙七年(1180),任江西安抚使时,他已开始在上饶带湖之畔营建别墅。他将那里命名为"稼轩",从此,他成了人们熟悉的稼轩居士。一年多后,他被罢官,别墅恰好落成。落成前,他作了首《沁园春·带湖新居将成》:

三径初成,鹤怨猿惊,稼轩未来。甚云山自许,平生意气;衣冠人笑,抵死尘埃?意倦须还,身闲贵早,岂为莼羹鲈脍哉?秋江上,看惊弦雁避,骇浪船回。

东冈更葺茅斋。好都把轩窗临水开。要小舟行钓,先应种柳;疏篱护竹,莫碍观梅。秋菊堪餐,春兰可佩,留待先生手自栽。沉吟久,怕君恩未许,此意徘徊。

身在仕途,他像个流浪之人。

而在带湖之畔,他是自己的,是山水风月的主人。

那些年，他可以莳花种草，也可以聊饮清尊。

事实上，他的身边，还有妻儿相伴。

茅檐低小，溪上青青草。醉里吴音相媚好，白发谁家翁媪？

大儿锄豆溪东，中儿正织鸡笼。最喜小儿亡赖，溪头卧剥莲蓬。

无疑，这是一幅生动的烟村风情画。那里，有闲适，有悠然，就是没有喧嚷。茅檐低小，流水潺湲，绿草如茵。白发的翁媪，闲话桑麻。那时，长子在溪东除草，次子在门外编织鸡笼，幼子不谙世事，在溪边躺卧着剥莲蓬。山村的日子，平淡却又趣味横生。

隐居的日子，辛弃疾常去博山游玩，他还在博山寺一侧建了"稼轩读书堂"。去往博山的路上，有一家酒馆，主人姓王，他每次经过，都会在那里歇脚。一次，路过酒馆，他写了首《江城子·博山道中书王氏壁》，题在墙壁上：

一川松竹任横斜。有人家，被云遮。雪后疏梅，时见两三花。比着桃源溪上路，风景好，不争些。

旗亭有酒径须赊。晚寒咱，怎禁他？醉里匆匆，归骑自随车。白发苍颜吾老矣，只此地，是生涯。

上饶以西四十里，有一处黄沙岭。那也是辛弃疾常去的地方。他在《鹧鸪天·黄沙道中即事》中写道："句里春风正剪裁，溪山一片画图开。"一日，游赏归来，已是夜幕沉沉，辛弃疾仍游兴不减，写了首《西江月·夜行黄沙道中》：

明月别枝惊鹊，清风半夜鸣蝉。稻花香里说丰年，听取蛙声一片。

七八个星天外，两三点雨山前。旧时茅店社林边，路转溪桥忽见。

这是辛弃疾最脍炙人口的山水词。

一轮明月，几点星火，耳边蛙鸣蝉噪。

细雨如丝，稻花香里，独步小桥，林边茅店若隐若现。

辛弃疾就在这幅画里，走得不紧不慢。没有青箬笠，没有绿蓑衣，却是斜风细雨不须归。闲居的日子里，这样的情景并不罕见。他随时可以将自己交给青山绿水。或许，走的时候会带一壶酒，行至山间水湄，便坐下来自斟自酌，独得悠然。

后来，他被起用，继而又被罢官。那时候，离开官场，他走得很从容。他知道，何处才是值得留恋的。他写了一首《水调歌头》：

长恨复长恨，裁作《短歌行》。何人为我楚舞，听我楚狂声？余既滋兰九畹，又树蕙之百亩，秋菊更餐英。门外沧浪水，可以濯吾缨。

一杯酒，问何似，身后名？人间万事，毫发常重泰山轻。悲莫悲生离别，乐莫乐新相识，儿女古今情。富贵非吾事，归与白鸥盟。

他本就无心于荣华富贵。

既然宦海难以容身，他便退隐林泉。

与山水为邻，与鸥鸟相伴。

隐居上饶时，辛弃疾有不少朋友，比如韩元吉、汤邦彦、郑汝谐。这些人都是性情旷逸之人，最合辛弃疾的脾性。辛弃疾常与他们相约，或游走山水，或诗酒酬唱。

不过，在游山玩水、临风对月的时候，辛弃疾也时常想起江山社稷，想起中原在金人铁蹄下悲惨生活的百姓，想起自己夙愿未了。淳熙十一年（1184），辛弃疾四十五岁生辰时，韩元吉写了首《水龙吟·寿辛侍郎》，他在词中写道："功画凌烟，万钉宝带，百壶清酒。"凌烟阁是唐代为表彰功臣而建的阁楼，里面有二十四功臣的画像。韩元吉希望辛弃疾能实现夙愿，收复河山。到那时，他们再相聚，把酒高歌。韩元吉生辰时，辛弃疾作了首《水龙吟·甲辰岁寿韩南涧尚书》：

渡江天马南来，几人真是经纶手？长安父老，新亭风景，可怜依旧。夷甫诸人，神州沉陆，几曾回首？算平戎万里，功名本是，真儒事，公知否？

况有文章山斗，对桐阴满庭清昼。当年堕地，而今试看，风云奔走。绿野风烟，平泉草木，东山歌酒。待他年整顿，乾坤事了，为先生寿！

山河破碎，风雨飘摇，辛弃疾和他的朋友们都为国家心痛着。辛弃疾说，整顿山河，平定天下，才是真正的功业。为此，他愿意鞠躬尽瘁，死而后已。可惜，南宋朝廷碌碌无为，只愿偏安于云水之间。仁人志士的满腔热忱，惨遭践踏。词的末尾，辛弃疾说，待他年统一中原，再来为韩元吉贺寿。

收复山河的愿望，始终未熄灭。

可惜，朝廷君臣庸碌，他终是报国无门。

碧血丹心，只有岁月明白。

3

辛弃疾是个幽默的人。

幽默是一种能力，也是一种生活态度。

因为幽默，所以乐观；因为乐观，所以从容。

在古代，春秋两季都有社日。社日当天，人们会举行各种仪式，祈求五谷丰登。那年社日，辛弃疾在带湖之畔漫步许久，然后到主持社日的人家分回了一份祭肉。肉熟之后，他大快朵颐，痛饮一番。半醉之时，他见一群孩子拿着长竿，偷偷扑打梨和枣，但他并未声张，而是躲在角落里，静静地看着。不久后，他作了首《清平乐》：

连云松竹，万事从今足。拄杖东家分社肉，白酒床头初熟。

西风梨枣山园，儿童偷把长竿。莫遣旁人惊去，老夫静处闲看。

那时候，他俨然一个天真的孩童。

事实上，虽历经人生坎坷，他却始终率性天真。

世间之人，经过时间的打磨，总会变得圆滑，变得世故。人们说，为人处世最好的状态是知世故而不世故。辛弃疾便是如此。他懂得进退趋避，懂得人情世故，却不屑为之，始终是倔强和傲岸的模样。也因此，他难以于仕途容身，但他从不后悔。活在人间，就应活出自己的气质和风格。年过半百,辛弃疾仍是个天真的词人。

淳熙十年(1183),辛弃疾在带湖以南开凿出一条清溪。一番辛苦后,终有所成,他甚是欣喜。那日,他作了首《洞仙歌·开南溪初成赋》:

婆娑欲舞,怪青山欢喜,分得清溪半篙水。记平沙鸥鹭,落日渔樵,湘江上,风景依然如此。

东篱多种菊,待学渊明,饮酒诗情不相似。十里涨春波,一棹归来,只做个五湖范蠡。是则是一般弄扁舟,争知道他家,有个西子。

他想过,像范蠡那样,泛舟五湖。

但他又想,自己永远成不了快活的范蠡。

只因,范蠡身边有个叫西施的女子。

辛弃疾喜欢饮酒,有时以酒助兴,有时借酒浇愁。他的六百多首词,近一半涉及酒。他说:"总把平生入醉乡,大都三万六千场。今古悠悠多少事,莫思量。"聊饮清尊,他可以忘却世事,忘却愁苦。

一个夜晚,他酩酊大醉。

来到一棵松树前,误以为是人,踉跄着推开。

次日,他作了首《西江月·遣兴》:

醉里且贪欢笑,要愁那得工夫。近来始觉古人书,信着全无是处。

昨夜松边醉倒，问松"我醉何如"？只疑松动要来扶，以手推松曰"去"。

所谓有花有酒且高歌。

饮醉之后，只管尽情欢笑，哪有工夫愁苦？

那晚，酒醉之后，他步履蹒跚地来到一棵松树前，问松树他醉意有几分。风吹动松树，他以为松树是人，要来搀扶他，便推开松树，说道："走开，不用你扶！"这就是辛弃疾，始终有一颗幽默的心。

酒之一物，小酌怡情，纵饮伤身。

他曾发誓戒酒，还作了首《沁园春·将止酒，戒酒杯使勿近》：

杯汝来前，老子今朝，点检形骸。甚长年抱渴，咽如焦釜；于今喜睡，气似奔雷？汝说刘伶，古今达者，醉后何妨死便埋。浑如许，叹汝于知己，真少恩哉！

更凭歌舞为媒。算合作人间鸩毒猜。况怨无小大，生于所爱；物无美恶，过则为灾。与汝成言，勿留亟退，吾力犹能肆汝杯。杯再拜，道麾之即去，召亦须来。

因纵酒身体抱恙，他不怪自己，却怪酒杯与他形影相随。词的开头，他大喝一声："酒杯，你给我过来！"然后历数饮酒的后果。酒杯则说，当年的刘伶好酒，不管身在何处，总要饮酒，还说喝死了就地掩埋就好。酒杯的意思是，既然你嗜酒如命，就不该有戒酒的想法。

词的下片，辛弃疾说，饮酒伤身，与鸩毒无异。然后他对酒杯说，速速退去，否则就将其打碎。酒杯清楚他的性格，知道他很难戒酒，便说："麾之即去，召亦须来。"其实，他不过是自说自话。他知道，该饮酒的时候还是要饮。不久后，与朋友们入山，临风倾谈，自然少不了酒。结果，他轻易就破了酒戒。那日，他写了首《沁园春》，在题记中写道："城中诸公载酒入山，余不得以止酒为解，遂破戒一醉。"

幽默风趣，这就是辛弃疾。

但同时，他又是个耿介孤傲的文人。

辛弃疾与比他年长十岁的朱熹是至交。他们曾坐而论道，相谈甚欢。一番倾谈后，他们也曾同游武夷山。辛弃疾在福建任职时，与朱熹时有往来。朱熹为辛弃疾的宅室题写了"克己复礼"和"夙兴夜寐"两条匾额。对辛弃疾来说，朱熹是益友，也是良师。

庆元二年（1196）初，朝廷将理学认作"伪学"，肆意鞭挞。作为理学宗师，朱熹受到了沉重的打击。他的很多学生，或被下狱，或被流放。四年后，朱熹病逝。

朱熹去世后，朝廷禁止人们前去祭奠。朱熹的很多故旧和门生都不敢前往。辛弃疾不顾安危，毅然前去吊唁。而且，他还撰文说："所不朽者，垂万世名。孰谓公死，凛凛犹生！"在大是大非面前，辛弃疾从不含糊。

万里风波，扁舟一叶，是他。

他不屑曲意逢迎，也不屑战战兢兢。

活在人间，他不负风骨二字。

题 记 _____

爱情观：两滴时代的眼泪，在仕途上皆平步青云，又急转直下。两颗情种子，是钟情云水的淡情动人，还是流连诗酒的浓情动人？

第八回合

王维 PK 秦观

红豆相思与山抹微云

王 维
红豆生南国，春来发几枝

1

他被称作诗佛。

他的身上，既有诗性，又有佛性。

他是王维，字摩诘。名与字合起来即维摩诘，为大乘佛教著名居士。据《维摩诘经》所载，维摩诘是古印度的一位富翁，家财万贯，妻妾成群，但他潜心修行，佛法精深。菩萨曾问维摩诘，带着家眷修行怎能自在，维摩诘说，其母为智慧，其父度化众生，其妻从其修行中得到法喜，儿子和女儿分别代表善心和慈悲心，他以佛性为房舍，弟子是一切众生。王维最仰慕的佛教人物便是维摩诘。

苏轼说："味摩诘之诗，诗中有画；观摩诘之画，画中有诗。"苏轼的评价并不夸张。读王维的诗，总有身在画中的感觉，比如那首《山居秋暝》：

空山新雨后，天气晚来秋。
明月松间照，清泉石上流。

竹喧归浣女,莲动下渔舟。
随意春芳歇,王孙自可留。

  王维是唐代山水田园诗的代表,与孟浩然合称"王孟"。他喜欢山水,喜欢在远离尘嚣的地方,独面山水云月。而且,他也是个懂得随缘的人,如他诗里所写:"行到水穷处,坐看云起时。"

  王维长于河东蒲州(今山西永济),天生聪慧,少有才名。年岁渐长,他更是琴棋书画无所不精。他喜欢弹琴,在音律上极有天赋。据说,某天一个人偶得一幅奏乐图,不知该如何题名,王维见到那幅画,说那是《霓裳羽衣曲》的第三叠第一拍。后来,那人请乐师演奏,果然如王维所说。我在想,王维应是独坐幽篁,独自弹琴的模样。

独坐幽篁里,弹琴复长啸。
深林人不知,明月来相照。

  深林无人,明月相照。
  那样的寂静里,孤独亦是明亮和丰盈的。
  十几岁的王维,玉树临风,风流俊逸,来到长安后,受到无数王公贵族的赏识。那时候,他经常参加王公贵族的饮宴,被视为座上宾。

  二十一岁,当同龄的李白还在大匡山读书的时候,王维已进士及第。不久后,他被任命为太乐丞,负责音乐、舞蹈等教习,以供朝廷祭祀饮宴之用。后来,因下属擅自舞黄狮,王维被贬为济州司仓参军。

很快，王维就辞去了这个形同鸡肋的职位，多年游走于山水之间，也时常深入古寺，与高僧倾谈人生世事。他也曾隐于嵩山，在云山草木之间忘却尘俗。对他来说，山花草木皆为知己。与之相比，官场只如荒野泥淖。

开元二十三年（735），王维再度出仕，任右拾遗。两年后，他前往凉州河西节度使幕中，任监察御史兼节度判官。其间，他作有《使至塞上》：

单车欲问边，属国过居延。
征蓬出汉塞，归雁入胡天。
大漠孤烟直，长河落日圆。
萧关逢候骑，都护在燕然。

其后，王维又先后任侍御史、左补阙、给事中等职。

年轻的时候，王维曾有志于仕途，随着年岁增长，他越来越淡泊名利。也可以说，那些年，他渐渐远离了名利，回归了自我。或许，世间的每个人，都必须经历从自己出走，再回归自己的过程。我们终身寻找的，或许就是那个曾经熟悉的自己。

安史之乱中，叛军攻陷长安后，王维被俘。他被押至洛阳，因其声名显赫，安禄山委以他给事中之职。为了推辞，王维曾服药假装生病，却未能如愿。那时候，他作了首诗抒发对于故国的怀念之情：

万户伤心生野烟,百官何日再朝天。
秋槐叶落空宫里,凝碧池头奏管弦。

没想到,这首诗后来竟成了他的救命稻草。至德二年(757)秋,唐军收复了长安。王维等先前被叛军俘获的一众人等被押至长安,曾任伪职,按律当斩。但因被俘时曾作那首诗,同时,时为刑部侍郎的弟弟王缙平叛有功,王维终被宽恕。其后,王维又先后任太子中允、中书舍人、尚书右丞等职。

无论何时,王维都念着他的田园山水。事实上,从四十四岁开始,他就一直过着半官半隐的生活。他的心性终究更适合林泉山水。在那里,他是属于自己的。

活到最后,王维对仕途之事早已了无兴致。上元二年(761),王维辞官退隐山水之间。离开前,他上表请求削去自己的所有官衔,让弟弟王缙还归朝野。那年七月,王维作书向亲友作别,然后溘然长逝。

他走得寂静,就像落叶归根。

但人们,始终记得他。

2

有人追逐名利,有人钟情云水。

尘世间,每个人都有自己的方向和归宿。

或许,王维这样性情淡泊的人,就应该将自己安置在云水之间,做位纯粹的诗人,饮酒写诗、弹琴作画,偶尔去到深山古寺,与僧人研究佛法。尔虞我诈的官场，只会磨折他的性情。不过，王维毕竟是个儒家思想根植于心的读书人，年轻的时候，也有过为民请命的愿望。

二十九岁那年，王维在长安结识了四十岁的孟浩然。两位山水田园诗人，很快便成了知交。长安城里，他们时常诗酒酬酢。于诗人，那是最动人的情节。三两知己，或携手同游、把盏篱下，或寻梅踏雪、围炉夜话，都让人神往。

可惜，多年以后，那样的情节再难觅得。

少了诗，所有的盛宴都少了些味道。

后来，孟浩然离开长安，回到襄阳，王维少了个知音，甚觉寥落。不过，对他来说，有山有水，有风有月，人生就不算荒凉。他喜欢在云水和佛理中流放时光，自称"一悟寂为乐，此生闲有余"。

王维的诗，虽也有《陇西行》《从军行》《使至塞上》这样的边塞作品，但他最让人喜欢的还是田园诗。比如"人闲桂花落，夜静春山空"；比如"山中一半雨，树杪百重泉"；比如"日落江湖白，潮来天地青"。往往，轻描淡写之间，便是一幅清新淡雅的山水画。他曾隐于终南山，作了首《终南山》：

太乙近天都，连山到海隅。
白云回望合，青霭入看无。
分野中峰变，阴晴众壑殊。
欲投人处宿，隔水问樵夫。

当年，陶渊明辞官而去，隐于山野，过着躬耕的日子，虽然不懂稼穑之事,却乐在其中。王维虽然身在官场,却总像个林中高士,过着亦官亦隐的生活。只不过,他从未像陶渊明那样躬耕于大地。他更像个修行之人,在林泉之间远离尘事。但是很显然,对于陶渊明那样悠然的生活,他也是向往的。事实上,他的笔下也有过陶渊明式的生活,比如那首《渭川田家》:

斜光照墟落,穷巷牛羊归。
野老念牧童,倚杖候荆扉。
雉雊麦苗秀,蚕眠桑叶稀。
田夫荷锄至,相见语依依。
即此羡闲逸,怅然歌《式微》。

斜阳芳草、小巷牛羊。
野老牧童、茅舍柴扉。

那样闲适的画面,是王维无比喜欢的。他还曾将陶渊明的《桃花源记》作成一首七言古诗《桃源行》,他在诗中写道:"渔舟逐水爱山春,两岸桃花夹去津。坐看红树不知远,行尽青溪不见人。山口潜行始隈隩,山开旷望旋平陆。遥看一处攒云树,近入千家散花竹。"

世事无常,人情翻覆,王维看得很透。那次,他与好友裴迪对酌,写了首《酌酒与裴迪》。他在诗中写道:"世事浮云何足问?不如高卧且加餐。"很多时候,他更愿意置身云水,将无常世事抛于脑后。送别好友,他在诗中写道:"君言不得意,归卧南山陲。但去莫复问,白云无尽时。"白云深处,是好友的去处,也是他心驰神往的地方。

王维的母亲亦是向佛之人。四十四岁那年,王维为了让母亲安心修行,在蓝田修建辋川别业。后来,那里也成了王维清修的地方。闲暇时,他去到辋川,过着寂静散淡的生活。他潜心佛法,常年茹素。

据唐代冯贽《云仙杂记》所载,王维的辋川别业山明水净,有十余童仆负责打扫。那时候的王维,与其说是位诗人,不如说是个僧人。王维曾多次施舍贫苦之人,还请求朝廷允许他将职田献出,给寻常百姓使用。

无疑,辋川别业是个好去处。

下雨的日子,王维独坐雨中写诗,甚是悠闲:

积雨空林烟火迟,蒸藜炊黍饷东菑。
漠漠水田飞白鹭,阴阴夏木啭黄鹂。
山中习静观朝槿,松下清斋折露葵。
野老与人争席罢,海鸥何事更相疑!

最后两句充分体现了王维隐居的理想。《庄子·寓言》中记载,杨朱前去跟随老子学道,路上很多人都给他让座。后来,他学有所成,人们不再让座,这表明杨朱已得道,与人们再无距离。据《列子·黄帝篇》载,海边有个人与海鸥亲近,两不相疑。一日,这人的父亲让他将海鸥捕捉回家。待他再到海边,海鸥已不敢靠近。

王维确实是有出尘归隐之心的。不过,他的隐居与别人的隐居不同,他除了流连山水,还在修习佛法。在他的居室中,除了茶具、经案、绳床,别无他物。一个人的时候,他总是在焚香独坐,诵读经文。他那首《酬张少府》，直接表明了了却尘俗的念头：

晚年惟好静，万事不关心。
自顾无长策，空知返旧林。
松风吹解带，山月照弹琴。
君问穷通理，渔歌入浦深。

松风吹解带，山月照弹琴。
一个人，只有扫除心中尘埃，才能有这样的悠然。
而我最喜欢的，是他那首《终南别业》：

中岁颇好道，晚家南山陲。
兴来每独往，胜事空自知。
行到水穷处，坐看云起时。
偶然值林叟，谈笑无还期。

那时的诗人，远离了尘世纷扰，也远离了追名逐利之人。他更愿意与渔樵谈笑风生。他喜欢独自行走，于水穷之处坐看云起。世事无常，与其执着于起落浮沉，不如一切随缘，云来看云，雨来听雨。

3

一生只爱一个人。

杜甫是这样，王维也是这样。

进士及第后，王维完婚。他能诗善画，又风姿翩然，对于当时的无数女子，他都是最好的婚配人选。或许，在他娶妻之时，许多女子曾黯然神伤。

想必，他的结发妻子是个素净温婉的女子，人淡如菊。歌里唱道："往后余生，风雪是你，平淡是你，清贫也是你；荣华是你，心底温柔是你；目光所至，也是你。"或许，那些琴瑟在御、岁月静好的画面里，他们曾说过天长地久。

可惜，真正悠久的只有岁月。

世事难料，说好的不离不散，往往是靠不住的。

许多人，走着走着就散了，从此各自天涯。

王维与妻子情深意笃。后来，他们有了儿子，日子更是温馨。然而，在王维三十一岁那年，儿子不幸夭折，妻子也因伤心过度而离世。此后，王维再未续娶，独居三十年。

或许是这样，王维的结发妻子温柔秀雅，让王维爱到了骨子里，于是在她离世后，那诗人便无心再娶，关上了心门，不让其他女子进去。又或许，笃信佛教的王维，在妻子离世后看破了世间聚散离合，便断了再娶的念头。

世人都说，王维与玉真公主有一段情缘。玉真公主为唐睿宗李旦的九公主，玄宗的同母妹妹。大概是因为唐时公主出嫁有许多条条框框的束缚，玉真公主不愿嫁人，做了女道士，法号持盈。

当年，王维只身来到长安，游历于贵族公卿之间。在此期间，他结识了岐王李范，颇受李范赏识。李范原名李隆范，为玄宗李隆基的弟弟，后来为了避玄宗的讳而改名李范。他生性淡泊，无心争名夺利，在玄宗时期，是让人羡慕的富贵闲人。他喜欢琴棋书画，身边聚集了一群吟诗作画的文人。

二十岁时，王维参加科考落第。次年，他再次参加科举考试，希望得到李范的举荐。在唐代，参加科考的士子被权贵或大儒举荐是寻常之事。百余年后，朱庆馀在参加科考前，投诗给时为水部员外郎的张籍，还忐忑地写了首《闺意》询问。张籍对朱庆馀甚是赏识，回了首《酬朱庆馀》，意思是朱庆馀才华横溢，必能一举登第。后来，朱庆馀果然进士及第。二诗如下：

洞房昨夜停红烛，待晓堂前拜舅姑。
妆罢低声问夫婿，画眉深浅入时无？

越女新装出镜心，自知明艳更沉吟。
齐纨未足人间贵，一曲菱歌敌万金。

玉真公主喜欢结交风雅之人。当时，李范让王维准备若干诗篇以及一首琵琶曲，前去赴玉真公主的酒宴。酒宴之上，风流倜傥的王维格外引人注目。他从容不迫地弹了一曲《郁轮袍》，玉真公主甚是喜欢。其后，王维又献上准备好的诗文，玉真公主更是欣喜，说那些诗她早已读过。王维借机说出被举荐的愿望，玉真公主欣然答允。后来，王维果然进士及第。

对诗画双绝又善于弹琴的王维，玉真公主的确是倾慕的。因为欣赏其才华，她向兄长玄宗推荐了王维。后来，王维与玉真公主的故事传得沸沸扬扬。人们说，王维娶妻之后，玉真公主甚是生气，因其挑拨，王维被贬到了济州。人们还说，因为都与玉真公主有情，互为情敌，因而盛唐的两位诗人李白和王维老死不相往来。不过，情之一字本就玄乎，何况事情已过去了千余年，真相如何已无处打探。

王维不曾为妻子写过悼亡诗，人们据此推测，他未续弦是别有原因的。其实，所谓至情无语，对他来说，或许最好的纪念，就是将那份爱藏在心底。多年后，王维曾写诗说："一生几许伤心事，不向空门何处销。"多年吃斋念佛，仍旧难解伤心。大概，这就是他对妻子的深情。

深情有很多种表达方式。最爱的人离世，随之而去，是深情；如《泰坦尼克号》里的故事那样，爱人离去，为了那份爱好好活着，是深情；如纳兰容若那样，在妻子离世后，写许多悼亡词，是深情；如王维这样，在爱妻离世后不声不响，独自穿越凄凉时光，何尝不是一种深情！

秦 观
两情若是久长时，又岂在朝朝暮暮

1

秋天。

西风四起，落木萧萧。

诗人王士祯经过高邮，在南湖畔歇脚。

夜雨淋淋，像一首悲歌。听着雨声，他蓦然想起，多年前曾有个词人从高邮走出，一路跋涉，憔悴荒凉。那个词人曾在词中写道："春路雨添花，花动一山春色。"为怀念那个词人，王士祯作了首《高邮雨泊》：

寒雨秦邮夜泊船，南湖新涨水连天。
风流不见秦淮海，寂寞人间五百年。

那已是清朝初年。

被怀念的那个人已离世五百多年。

他便是秦观，字少游，号淮海居士。他才华横溢，工于词，为宋代婉约词代表人物。他与黄庭坚、晁补之、张耒并称"苏门四学士"。在他离世后，苏轼难过地说："少游已矣，虽万人何赎！"王士禛的话并不夸张，在秦观离世后，文坛寂寞了五百年。

秦观是苏轼的学生，但他的性情与苏轼有着天壤之别。苏轼豁达，即使身处荆棘泥淖，也能以一颗乐观之心化解哀愁，活出该有的兴味。而秦观生性多愁善感，总是沉湎于悲伤寥落的情绪，难以自拔。因此，他的很多词都充满愁苦。

对秦观来说，能成为苏轼的学生，是人生幸事。然而，这幸运中也有让他难以承受的不幸。苏轼屡次被贬，他也跟着浮沉起落。让人心疼的是，他不能如苏轼那样"一蓑烟雨任平生"。他总是低回萧瑟，浊酒入肠，解不了忧愁。

他是个风雅的词人，玉树临风，温文尔雅。可惜，命途多舛，他终是落得一身憔悴。很多时候，他只能将满心的凄凉诉诸文字，交给无声的岁月，然后继续跋涉。秦观写过一首《八六子》：

倚危亭，恨如芳草，凄凄刬尽还生。念柳外青骢别后，水边红袂分时，怆然暗惊。

无端天与娉婷，夜月一帘幽梦，春风十里柔情。怎奈向、欢娱渐随流水，素弦声断，翠绡香减，那堪片片飞花弄晚，蒙蒙残雨笼晴。正销凝，黄鹂又啼数声。

相见时极尽欢愉，夜月一帘幽梦，春风十里柔情。
离别后，恨如春草，划尽还生。许多相逢，不过如此。
细雨蒙蒙，黄鹂声声。独自惆怅，所见皆是凄凉。

民间流传着一段关于秦观和苏小妹的佳话。人们说，苏轼的妹妹聪慧可人，眼高于天，却与秦观两情相悦，终于结为伉俪。不过，在成婚之时，苏小妹曾三次为难秦观。

那日，为了试探秦观的才学，红烛之下，苏小妹出了个上联："东厢房，西厢房，旧房新人入洞房，终生伴郎。"秦观思忖片刻，对出了下联："南求学，北求学，小学大试授太学，方娶新娘。"苏小妹表达了不离不弃的愿望，秦观则说出了与苏小妹喜结连理的欢喜。

此后，两人对坐饮合卺酒，苏小妹又出一联："酒过三巡，交杯换杯干杯，杯杯尽在不言中。"秦观很快就对出了下联："菜过五味，形美色美鲜美，美美都在心中留。"这个"美"字，显然是针对苏小妹的容貌而言。

即将同寝之时，苏小妹带着几分羞涩又出一联："小妹虽小，小手小脚小嘴，小巧但不小气，你要小心。"秦观思索良久，对道："少游年少，少家少室少妻，少见且又少有，愿娶少女。"

这是人们喜欢的故事，颇具文学色彩。不过，故事毕竟只是故事。据史料记载，苏轼有几个姐姐，却并无妹妹。而且，秦观的妻子叫徐文美，并非苏小妹。

对秦观来说，文字是他的酒杯，亦是他的归途。欢喜与悲伤，相聚和别离，他都可以安放在文字中。遥遥望去，他似乎总是默然惆怅着，对时光，也对世事：

漠漠轻寒上小楼，晓阴无赖似穷秋。淡烟流水画屏幽。
自在飞花轻似梦，无边丝雨细如愁。宝帘闲挂小银钩。

细雨如丝，飞花自在。

但在他眼中，所有物事都带着几分愁绪。

心境黯淡，所见皆黯淡。

秦观的一首《行乡子》，难得明亮：

树绕村庄。水满坡塘。倚东风，豪兴徜徉。小园几许，收尽春光。有桃花红，李花白，菜花黄。

远远围墙。隐隐茅堂。飏青旗，流水桥旁。偶然乘兴，步过东冈。正莺儿啼，燕儿舞，蝶儿忙。

那时候，他在江南，日日所见皆是画桥杨柳、流水人家。那时候，他还很年轻，尚有几分豪兴。小园独步，见桃李花盛，他甚是欣喜。乘兴走过山岗，见莺歌燕舞，悠然顿生。他就那样乘兴走着，走出了江南，走到了一场叫作人生的梦里。

路很长，荆棘满地，风雨凄凄。

他没有退路，只能一路前行。

从少年，走到了白头。

2

人生有很多种。

叱咤风云是人生，流连诗酒也是人生。

秦观的人生，属于后者。

他出生于寻常耕读之家，生而聪颖，喜欢读书。十几岁时，父亲离世，生活日渐拮据。那时候，秦观暗下决心，要考中科举，安济天下。为此，他读书比从前更刻苦。若干年后，为了结识名士大儒，他畅游于杭州、湖州等地。

熙宁十年（1077），苏轼任徐州知州。为了结识苏轼，秦观苦练苏轼书法，几乎到了以假乱真的地步。后来，得知苏轼要前往扬州的一座寺院，秦观提前在那座庙的墙壁上写了一首诗，署名苏轼。苏轼见此，甚是惊讶。

其后不久，秦观前往拜谒苏轼，道明了原委。后来，秦观在《别子瞻》中写道："我独不愿万户侯，惟愿一识苏徐州。"苏轼对秦观十分赏识，称他有屈原、宋玉之才。秦观如愿成了苏轼的学生。相识之后，他们曾同游吴锡、湖州等地。此后，秦观两次参加科考皆落第，苏轼曾写信劝慰。

元丰七年（1084），苏轼路过江宁，向王安石推荐秦观，希望他予以提掖。在朝廷里，王安石与苏轼分属新旧两党，是政敌。不过，离开了官场，王安石也是个磊落的文人，否则也不会跻身于"唐宋八大家"之列。曾经呼风唤雨的王安石，彼时只是个风烛残年的老人。苏轼和他相见，倾谈了很久。若非政见不同，他们本该是临风把盏的好友。在王安石看来，秦观的诗词有鲍照和谢朓之遗风。

在苏轼和王安石两位文坛巨匠的鼓励下，秦观再赴科场。元丰八年（1085），他终于进士及第，步入仕途，先是任蔡州教授，后又经苏轼推荐，入朝任秘书省正字。那时候，苏轼以及"苏门四学士"皆在京城，他们时常相聚，饮酒畅谈，填词作诗，甚是畅快。对秦观来说，那是一段绚烂的日子。后来，他写过一首《望海潮》：

梅英疏淡，冰澌溶泄，东风暗换年华。金谷俊游，铜驼巷陌，新晴细履平沙。长记误随车。正絮翻蝶舞，芳思交加。柳下桃蹊，乱分春色到人家。

西园夜饮鸣笳。有华灯碍月，飞盖妨花。兰苑未空，行人渐老，重来是事堪嗟。烟暝酒旗斜。但倚楼极目，时见栖鸦。无奈归心，暗随流水到天涯。

当年，汴京城里，风流俊赏。

一群文人雅士，白日尽情游冶，晚上对酒当歌。

可惜，那样的日子突然间就画上了句号。

就像暮春花事了，秦观的人生急转直下。绍圣元年（1094），哲宗亲政，新党人士章惇等人进入权力中心，旧党纷纷被贬出京。苏轼被贬至惠州，秦观被贬为杭州通判。此后，秦观又被贬至郴州、横州等地。他的词里，少了闲适，多了悲愁。

西城杨柳弄春柔，动离忧，泪难收。犹记多情曾为系归舟。碧野朱桥当日事，人不见，水空流。

韶华不为少年留，恨悠悠，几时休。飞絮落花时候、一登楼。便做春江都是泪，流不尽，许多愁。

落花时节，登高望远。

眼中所见，不过是一江春水向东流。

若是心境明亮，本该是"长江一帆远，落日五湖春"，或是"日斜江上孤帆影，草绿湖南万里情"。可是，在心情抑郁的秦观看来，

春江如泪,怎么流都流不尽。

离开郴州时,秦观作了首《踏莎行》:

雾失楼台,月迷津渡。桃源望断无寻处。可堪孤馆闭春寒,杜鹃声里斜阳暮。

驿寄梅花,鱼传尺素。砌成此恨无重数。郴江幸自绕郴山,为谁流下潇湘去。

又是暮春,杜鹃啼血。

日落时分,他独面郴江,暗自怅惘。

很无奈,他学不到老师苏轼那样的乐观旷达。

贬谪途中,他还写过一首《醉乡春》:

唤起一声人悄,衾冷梦寒窗晓。瘴雨过,海棠开,春色又添多少。

社瓮酿成微笑,半破瘿瓢共舀。觉倾倒,急投床,醉乡广大人间小。

世界太大,我们太小。

心大了,世界就小了,许多事也就不足挂齿。

但是,秦观做不到。他只能借着酒意,暂忘愁苦。

元符元年(1098)秋,秦观被贬至雷州。于秦观,雷州无异于天涯。他不能如苏轼那样"日啖荔枝三百颗,不辞长作岭南人"。江湖夜雨,故人零落,他只有满心的愁苦。五十岁,他自作挽诗,他在诗中写道:"家乡在万里,妻子天一涯。孤魂不敢归,惴惴犹在兹……奇祸一朝作,飘零至于斯。"

元符三年(1100),宋徽宗即位,秦观被放还衡州。行至藤州(今广西藤县),他游赏于光化亭。突然间,他说口渴至极。然而,等人将水送来,他已闭上了眼睛。那年,他五十二岁。在他离世后,六十四岁的苏轼悲伤了很久。

一生风雅,亦是一生坎坷。

从此,烟雨重楼,聚散离合,再不相见。

了断了尘缘,他去得不声不响。

3

他的一生,算得上风流。

只不过,所有的风流都与憔悴相关。

关于他的绮色传闻比比皆是。

他是个多情的人,因为多情,所以多伤。人世间,他如浮萍,漂泊不定。他遇见过许多女子,也曾爱得深情。但他,注定只是她们生命中的过客。那年在汴京,在某位朝臣的筵席上,他为一位叫碧桃的歌女作了首《虞美人》:

碧桃天上栽和露,不是凡花数。乱山深处水潆回,可惜一枝如画、为谁开。

轻寒细雨情何限,不道春难管。为君沉醉又何妨,只怕酒醒时候、断人肠。

在他眼中，碧桃如天上仙子。

但她，零落人间，寄身于风尘。

因为心疼，秦观饮了不少酒。酒醒后，落花成冢，满目凄凉。

那年，他在会稽流连风月，结识了一位歌伎。那女子明丽婉约，如画中之人。与她相逢，秦观恍如身在蓬莱。离别时，所有的温柔都变成了黯然销魂。他作了首《满庭芳》：

山抹微云，天连衰草，画角声断谯门。暂停征棹，聊共引离樽。多少蓬莱旧事，空回首、烟霭纷纷。斜阳外，寒鸦万点，流水绕孤村。

销魂，当此际，香囊暗解，罗带轻分。谩赢得、青楼薄幸名存。此去何时见也，襟袖上、空惹啼痕。伤情处，高城望断，灯火已黄昏。

灯火黄昏，独立高楼。

一场离别后，他的心成了一座空城。

他不曾虚情假意。对他来说，烟花巷陌有欢情也有知己。只是，离别之后，他觉得自己如当年的杜牧，一觉扬州梦，占得薄幸名。其实，薄情的不是他，而是生活。

据《能改斋漫录》载，一日，杭州的一位歌伎在宴席间演唱这首《满庭芳》，将"画角声断谯门"唱成了"画角声断斜阳"，名妓琴操恰好在侧，提醒了那位歌伎。其后，琴操将这首词改了一下，换了个韵：

山抹微云，天连衰草，画角声断斜阳。暂停征辔，聊共饮离觞。多少蓬莱旧侣，频回首烟霭茫茫。孤村里，寒鸦万点，流水绕低墙。

魂伤当此际，轻分罗带，暗解香囊。漫赢得青楼薄幸名狂。此去何时见也，襟袖上空有余香。伤心处，长城望断，灯火已昏黄。

据说，秦观还曾与母亲的侍女边朝华相恋，还决定纳其为妾。后来，秦观屡次被贬，两人不得不分开。边朝华最终削发为尼，遁入空门。

那年，前往郴州的途中，秦观路过长沙，与一位歌伎相逢。此女子天生丽质，喜欢诗词歌赋，对秦观的词更是如数家珍。两人相遇，彼此倾心。缱绻多日后，秦观离开了长沙。女子表达了跟随的愿望，秦观说若有北归之日，定来接她。临别，秦观作了首《鹊桥仙》：

纤云弄巧，飞星传恨，银汉迢迢暗度。金风玉露一相逢，便胜却人间无数。

柔情似水，佳期如梦，忍顾鹊桥归路。两情若是久长时，又岂在朝朝暮暮。

人们总说，来日方长。

真实的情况是，世事难料，聚散无常。

很多时候，一别便是永远。

那时候，临别之际，秦观泪湿青衫，女子更是哭得梨花带雨。他们都相信，此一别还有重逢之日。没想到，数年之后，秦观竟于

广西藤州离世。一场相逢，成了一段故事。

如秦观这样风流倜傥的才子，必然会被无数女子青眼相加。可惜，他行踪不定，许多故事只能以离别结尾。曾经，他深爱一个女子，她对他柔情似水，但他无法许诺她天长地久。离别时，他作了首《青门饮》：

风起云间，雁横天末，严城画角，梅花三奏。寒草西风，冻云笼月，窗外晓寒轻透。人去香犹在，孤衾长闲余绣。恨与宵长，一夜薰炉，添尽香兽。

前事空劳回首。虽梦断春归，相思依旧。湘瑟声沈，庾梅信断，谁念画眉人瘦。一句难忘处，怎忍辜、耳边轻咒。任人攀折，可怜又学，章台杨柳。

相思如旧，往事不堪回首。

回忆如门。只是，门里尽是荒烟蔓草。

秦观走后，那女子洗尽铅华，闭门谢客。秦观在藤州离世，她一身缟素，走了几百里，只身去到藤州，在他的灵前恸哭一场，然后悲伤而逝。《随园诗话》载布衣史青溪诗云："多情自古空余恨，好梦由来最易醒。"多情的人，必然多伤。秦观如是，那女子亦如是。

风流过往，总会尽数随风。

许多故事，最后都是各自红尘，两不相知。

最重要的是，无怨无悔。

长安诗酒 | 汴京花

题 记

悲悯心：一朵花有它凋零的时候，一个朝代似乎也有。面对无法逆转的颓败之貌，他和他，谁的眼里常含泪水？

第九回合

白居易 PK 陆游

谁眼里的日子越过越苦

白居易
可怜身上衣正单,心忧炭贱愿天寒

1

深秋。

西风萧瑟,落木萧萧。

三十七岁的诗人披着西风独自登上了洛阳香山。在一座坟茔前,他伫立了很久,感慨万千。地下的那个人,已沉睡了三年。他们或许见过,或许未曾谋面。这次凭吊,诗人带着无比的崇敬之情。对于那个沉睡之人,诗人像是他的知己。

这位诗人,便是李商隐,字义山,号玉谿生。

他终身偃蹇,虚负凌云万丈才,一生襟抱不曾开。

他为那沉睡的人写了墓志铭。

那沉睡之人便是白居易,字乐天,号香山居士。暮年,他选择了香山作为自己的长眠之地。若干年前,他读到李商隐的诗,为其才华所折服,对人说,若有来生,他愿意投胎做李商隐的儿子。巧合的是,白居易离世未久,李商隐的长子出生,可惜此子资质平庸。

白居易,在一场叫作人生的梦里,饮酒写诗,流连风月,但他从未忘记苍生疾苦。他是个好官,也是位伟大的诗人。因此,他虽已离去,仍有无数人记着他。

元好问说:"并州未是风流域,五百年中一乐天。"这并非夸大其词。白居易其人,无论是才情还是人品,都无可挑剔。他的人生像是一首长诗,平平仄仄之间,尽是风流与温暖。他活成了自己喜欢的样子。

唐代宗大历七年(772)正月,白居易出生于河南新郑。此时,安史之乱虽已平息多年,但岁月仍不安稳。安史之乱后的大唐王朝,外有藩镇割据,内有宦官专权,可谓内忧外患。这种局面持续了很多年。后来又发生了党派之争,更是雪上加霜。

白居易天生聪慧,又很喜欢读书,他总是废寝忘食地读书,以至于口舌生疮,手磨出了老茧,年纪轻轻就生了白发。

贞元十六年(800)春,白居易参加科考,进士及第。得意之余,他在大雁塔上题写了两句诗:"慈恩塔下题名处,十七人中最少年。"三年后,他又参加书判拔萃科考试,再次告捷,被任命为秘书省校书郎。他的仕途从此开始。那年,与白居易同时高中的还有元稹。两人从此成为一生至交。

此后,白居易先后任进士考官、集贤院校理、左拾遗等职。母亲去世后,他丁忧三年,其后又被任命为太子左赞善大夫。直到此时,他的仕途还是平稳的。

然而,世事如沧海,越是平静越是危险。

扁舟浮于海上,谁也不知道前面是否有暗礁。

白居易的人生,突然间发生了转折。

对白居易来说,元和六年(811)无疑是风雨如晦之年。慈爱的母亲、乖巧的女儿相继离开了人世,悲伤如风刀霜剑。而他自己,也因为悲伤被病痛纠缠许久。四十岁,正值壮年,突然间华发丛生,一副苍老憔悴的模样。

那段时间,他时常去到深山古寺,于青灯古佛旁寻几分安宁。原本他就是喜欢佛法的,暮年的他更是喜欢将自己交给佛寺,于佛经中顿悟人生。

丁母忧期间,白居易寄身烟村,过着清净的日子。远离了官场是非,他过得甚是悠然。他喜欢饮酒写诗,有时也亲自参与耕作。偶尔,他会去到山间水湄,独面云水。甚至,他还会学着垂钓。他垂钓的地方,正是当年姜太公垂钓的地方。那些日子,他作有《渭上偶钓》:

渭水如镜色,中有鲤与鲂。偶持一竿竹,悬钓至其傍。
微风吹钓丝,嫋嫋十尺长。谁知对鱼坐,心在无何乡。
昔有白头人,亦钓此渭阳。钓人不钓鱼,七十得文王。
况我垂钓意,人鱼又兼亡。无机两不得,但弄秋水光。
兴尽钓亦罢,归来饮我觞。

对他来说,钓起的可以是云月,也可以是秋水。

他想要的,就是忘却尘俗,垂钓水边的闲情。

有时候,他也会与三两好友前去登山临水。那次,他与好友张殷衡同游悟真寺,下山后张殷衡将前往江东,白居易为之饯行,以一首《游悟真寺回山下别张殷衡》相赠:

世缘未了住不得，孤负青山心共知。
愁君又入都门去，即是红尘满眼时。

有人说，白居易四十岁已死，直到七十五岁才下葬。这话不无道理。那些年，藩镇割据愈演愈烈，宰相武元衡主张削藩，因此被刺客所杀。白居易上书请求惩办凶手，却被弹劾为越权上书，结果被贬为江州司马。

被贬江州以后，白居易的仕进之心就渐渐地淡了。那时候，他始终想着，与其争名夺利，不如修一颗平静的心，笑看风云变幻。他写了首《初出城留别》，表达了这样的意思：

朝从紫禁归，暮出青门去。
勿言城东陌，便是江南路。
扬鞭簇车马，挥手辞亲故。
我生本无乡，心安是归处。

万丈红尘，你我皆是行路之人。

最重要的是，把心安顿好，如此方能活得潇洒。

元和十五年（820），白居易被召入朝，先后任主客郎中兼知制诰、中书舍人、上柱国等职。此后，他离开长安，先后任杭州和苏州刺史。于他，为官一任，造福一方是宗旨。在杭州和苏州，白居易都为黎民百姓做了不少实事。

公事之余，他有大把时间来欣赏江南美景。他可以独自徘徊于湖畔，也可以与三两好友泛舟于湖中，把酒倾谈，无比自在。自然，

那样的情景下,他必然要写诗。那个春日,他重游钱塘湖,作了首《钱塘湖春行》:

孤山寺北贾亭西,水面初平云脚低。
几处早莺争暖树,谁家新燕啄春泥?
乱花渐欲迷人眼,浅草才能没马蹄。
最爱湖东行不足,绿杨阴里白沙堤。

对诗人来说,西湖是一面镜,映照着千秋万代的悲欢离合。又或者,西湖是一首诗,无须平平仄仄,自有韵律,自得风流。白居易写了首《春题湖上》,表达了对西湖的喜爱。染柳烟浓,水光潋滟。一叶扁舟,如一支笔画过水面,便是千年万年的闲情。

湖上春来似画图,乱峰围绕水平铺。
松排山面千重翠,月点波心一颗珠。
碧毯线头抽早稻,青罗裙带展新蒲。
未能抛得杭州去,一半勾留是此湖。

后来,白居易离开杭州去了别处,但他心心念念的仍是西湖。无论身在何处,那一湖水始终是他的知己。他是个官员,也是位吟风弄月的诗人。西湖和他的故事,有开头,没有结尾。想必,在他离世后,西湖仍旧记得他。毕竟,他曾住在西湖心里。

自别钱塘山水后,不多饮酒懒吟诗。

欲将此意凭回棹,与报西湖风月知。

离开苏州后,白居易再度入朝,而且不断升迁,受尽优待。不过,那时候的他,对于功名之事早已看淡,只想简单地活着,饮酒写诗,看山看水。

会昌六年(846)八月,白居易于洛阳离世。唐宣宗写诗悼念他:"缀玉联珠六十年,谁教冥路作诗仙。浮云不系名居易,造化无为字乐天。童子解吟长恨曲,胡儿能唱琵琶篇。文章已满行人耳,一度思卿一怆然。"

他已去了,世间的一切再与他无关。

来得寂静,去得清白,真好。

2

每个人,都应用尽力气爱一次。

或许,真正爱过,便再无力气爱别人。

对白居易来说,湘灵是他心头永恒的朱砂痣。

张爱玲在《红玫瑰与白玫瑰》里说:"也许每一个男子全都有过这样的两个女人,至少两个。娶了红玫瑰,久而久之,红的变了墙上的一抹蚊子血,白的还是'床前明月光';娶了白玫瑰,白的便是衣服上沾的一粒饭黏子,红的却是心口上一颗朱砂痣。"

十一岁那年,为了躲避战乱,白居易随家人迁到了安徽符离。在那里,白居易遇见了比他小四岁的湘灵。那时候的她,小小的人儿,恬静而明媚。

歌里唱道："回忆像个说书的人，用充满乡音的口吻，跳过水坑，绕过小村，等相遇的缘分；你用泥巴捏一座城，说将来要娶我进门，转多少身，过几次门，虚掷青春。小小的誓言还不稳，小小的泪水还在撑，稚嫩的唇，在说离分。我的心里从此住了一个人，曾经模样小小的我们，那年你搬小小的板凳，为戏入迷我也一路跟；我在找那个故事里的人，你是不能缺少的部分，你在树下小小的打盹，小小的我傻傻等……"

无疑，这是一段青梅竹马的故事。那时候，白居易读书，湘灵总在旁边静静地看着。偶尔，白居易也会教湘灵识字。他是她的居易哥哥，她是他的湘灵妹妹。闲暇时，他时常牵着她的手到处嬉戏。她喜欢被他牵着，从小镇的这头走到那头。她曾幻想，就这样被他牵着，从青丝到白发。

后来，白居易去了江南，游历于吴越等地。等他再次回到符离，湘灵已是娉娉袅袅的女子。他们已懂得了男女有别，但仍旧时常见面，同行于巷陌。不知不觉间，他们已住到了彼此心里。那时候，白居易在诗中描写湘灵：

娉婷十五胜天仙，白日姮娥旱地莲。
何处闲教鹦鹉语，碧纱窗下绣床前。

故事的开头，小小的人儿，情窦初开。
但是，有些壁垒立在他们之间，他们越不过。
后来，他们默然作别，从此人各天涯。
尽管他们曾说过非你不娶，非你不嫁，但白居易的母亲不同意白居易娶一个寒门女子。终于，他们再次分开，相见无期。离开后，白居易写了首《寄湘灵》：

泪眼凌寒冻不流，每经高处即回头。
遥知别后西楼上，应凭栏干独自愁。

人们说，爱情就是，在一起的时候你是全世界，分开的时候，全世界是你。一别之后，便是两处悲伤。独立西楼，"一种相思，两处闲愁"。

除了这首诗，白居易还写过一首《长相思》，他在其中写道："九月西风兴，月冷露华凝。思君秋夜长，一夜魂九升。二月东风来，草拆花心开。思君春日迟，一日肠九回。"他还说："人言人有愿，愿至天必成。愿作远方兽，步步比肩行。愿作深山木，枝枝连理生。"

在周至县尉任上，某天白居易与王质夫、陈鸿等人同游仙游寺，临风对酒，倾谈世事，后来说起了唐玄宗与杨贵妃的故事。不久后，白居易作了首《长恨歌》，他在诗中写道：

临别殷勤重寄词，词中有誓两心知。
七月七日长生殿，夜半无人私语时。
在天愿作比翼鸟，在地愿为连理枝。
天长地久有时尽，此恨绵绵无绝期。

天长地久有时尽，此恨绵绵无绝期。
写的是别人的故事，祭奠的是自己的爱情。

对白居易来说，湘灵是一处无与伦比的风景。

她是他的诗和远方。

白居易进士及第后，一直想娶湘灵为妻，但他母亲的态度十分坚决。思念湘灵的时候，白居易只能写诗。他在《冬至夜怀湘灵》中写道："何堪最长夜，俱作独眠人。"又在《感秋寄远》中写道："惆怅时节晚，两情千里同。"他知道，远方的湘灵也在念着他。

三十七岁那年，禁不住母亲的苦苦相逼，白居易终于娶了杨氏为妻。对他来说，心里有了湘灵，与谁成婚都是将就。新婚宴尔，他并不快乐，因为陪在他身边的，不是那个最懂他的女子。一个雨夜，白居易再次想起湘灵，作了首《夜雨》：

我有所念人，隔在远远乡。我有所感事，结在深深肠。
乡远去不得，无日不瞻望。肠深解不得，无夕不思量。
况此残灯夜，独宿在空堂。秋天殊未晓，风雨正苍苍。
不学头陀法，前心安可忘？

其实，杨氏也是个温柔贤惠、知书达理的女子，但白居易不爱她。他只愿为那个叫湘灵的女子倾尽温柔。新婚之后，他作了首《潜别离》：

不得哭，潜别离。
不得语，暗相思。两心之外无人知。
深笼夜锁独栖鸟，利剑春断连理枝。
河水虽浊有清日，乌头虽黑有白时。

唯有潜离与暗别，彼此甘心无后期。

在被贬江州的途中，白居易遇见了漂泊江湖的湘灵父女。四目相对，他们沉默了许久。终于，白居易喊出了她的名字，像是用尽了平生力气。那日，他们只是寒暄数语，然后便挥手作别。转过头，湘灵已是泪眼模糊。而白居易，心痛了无痕。

那日，白居易作了两首《逢旧》：

久别偶相逢，俱疑是梦中。
即今欢乐事，放盏又成空。

我梳白发添新恨，君扫青蛾减旧容。
应被傍人怪惆怅，少年离别老相逢。

那年秋天，白居易在浔阳江头送客，偶遇一位琵琶女。一曲弹罢，他泪湿青衫。他在那首《琵琶行》中写道："同是天涯沦落人，相逢何必曾相识。"那日，白居易定会想起漂沦江湖的湘灵。他在想，她身在何处。想起湘灵，他总会心疼。

往往，相遇只需刹那，遗忘却要一生。

红尘一别，他们再未相见。

3

白居易的爱情，早就结束了。

此后他所遇见的女子，皆是路过的风景。

暮年的白居易，也曾蓄养家妓、侍妾。他有两个最让他得意的侍妾，分别叫樊素和小蛮。樊素善歌，小蛮善舞，皆是明眸善睐的女子。白居易曾得意地写诗说："樱桃樊素口，杨柳小蛮腰。"不管怎样，她们绝不会成为白居易心中的白月光或者朱砂痣。

十余年后，白居易患病卧床很久。

病愈后，他遣散侍妾，还写了两首诗：

两枝杨柳小楼中，袅娜多年伴醉翁。
明日放归归去后，世间应不要春风。

五年三月今朝尽，客散筵空独掩扉。
病共乐天和伴住，春随樊子一时归。
…………

彼时的白居易，已无心于风花雪月。

他只想饮一壶酒，写几行诗，寂静度日。

当年，白居易从江南回到洛阳，带回来两只鹤，他还在诗中写道："身兼妻子都三口，鹤与琴书共一船。"回到长安后，白居易任刑部侍郎，宰相裴度得知他带回两只鹤，便写诗讨要。

白居易喜欢诗酒，也喜欢琴鹤，他写诗说："共闲作伴无如鹤，与老相宜只有琴。"因此，裴度讨鹤，白居易甚是为难。结果，好友刘禹锡写了首诗，劝白居易割爱。张籍也写了首《和裴司空以诗请刑部白侍郎双鹤》劝白居易。无奈，白居易只好将双鹤送给了裴度，还写了首《送鹤与裴相临别赠诗》，对双鹤叮嘱再三：

司空爱尔尔须知，不信听吟送鹤诗。
羽翮势高宁惜别，稻粱恩厚莫愁饥。
夜栖少共鸡争树，晓浴先饶凤占池。
稳上青云勿回顾，的应胜在白家时。

晚年的白居易，日子过得甚是清闲。他写诗说："月俸百千官二品，朝廷雇我作闲人。"还说："人言世事何时了，我是人间事了人。"饮酒写诗，弹琴对弈，他的确像个闲人。不过，偶尔忆起当年的一件事，他还是会有些许不安。那件事的主人公是关盼盼。人们说，关盼盼是被白居易逼死的。其实，事情的真相并非如此。

关盼盼出身于书香门第，天生丽质。家道中落后，她流落风尘，后来成了徐州守帅张愔的侍妾。那年，白居易来到徐州，受到张愔的真情款待。席间，关盼盼曾以歌舞助兴。

两年后，张愔病故，府中的侍妾四散而去，只有关盼盼发誓为张愔守节。后来，她搬到徐州城外的燕子楼，过着素淡的日子。白居易闻听张愔已故，有感于其妻妾四散，写了首《感故张仆射诸妓》：

黄金不惜买蛾眉，拣得如花三四枝。
歌舞教成心力尽，一朝身去不相随。

元和十年（815），当年张愔的下属张仲素造访白居易，递给白居易三首《燕子楼新咏》，诗中写道："相思一夜情多少，地角天涯不是长……自理剑履歌尘散，红袖香消已十年。"白居易得知，那些年关盼盼过得甚是凄苦。于是，他作了三首诗：

满窗明月满帘霜，被冷灯残拂卧床。
燕子楼中霜月夜，秋来只为一人长。

钿晕罗衫色似烟，几回欲著即潸然。
自从不舞霓裳曲，叠在空箱十一年。

今春有客洛阳回，曾到尚书墓上来。
见说白杨堪作柱，争教红粉不成灰？

张仲素离开时，除了这三首诗，白居易还将那首《感故张仆射诸妓》也给了他。不久后，这些事在徐州传开，听到"歌舞教成心力尽，一朝身去不相随"二句，关盼盼无比悲愤。守节十载，却得到如此评价，她极其悲愤。

七日之后，关盼盼绝食而死。临死前，她写了两句诗："儿童不识冲天物，漫把青泥污雪毫。"意思是，白居易徒具虚名，见识不过如此。其实，关盼盼为张愔守节，白居易对她很是敬佩。可惜，后来人们以讹传讹，便有了白居易逼死关盼盼的说法。

暮年的白居易笃信佛教，常去寺中与高僧讨论佛法。他写诗说："辞章讽咏成千首，心行归依向一乘。坐倚绳床闲自念，前生应是一诗僧。"

他自号香山居士,又自称醉吟先生,还仿照陶渊明的《五柳先生传》写了篇《醉吟先生传》,其中写道:"吟罢自哂,揭瓮拨醅,又引数杯,兀然而醉,既而醉复醒,醒复吟,吟复饮,饮复醉,醉吟相仍,若循环然。由是得以梦身世,云富贵,幕席天地,瞬息百年。陶陶然,昏昏然,不知老之将至,古所谓得全于酒者,故自号为醉吟先生。"

那时候,他什么事都能忘记,唯独忘不了那个叫湘灵的女子,他说"老来多健忘,唯不忘相思"。他已垂垂老矣,但那女子在他心里依旧风姿绰约。忆起多年前,他在读书,她经过窗口,轻声唤他居易哥哥。仿佛只是转眼间,时光已过去了半个世纪。

当然,白居易不能忘记的还有酒和朋友。那时候的他,喜欢与三两好友围炉夜话。那日,飞雪连天,他写了首《问刘十九》,希望好友能前来赴约,与他围炉对酒。

绿蚁新醅酒,红泥小火炉。
晚来天欲雪,能饮一杯无?

寒冬腊月,飞雪连天,有人孤舟独钓,有人踏雪寻梅。当然,也有人乘舟去到朋友的柴扉前,却又悄然离开。答案是:乘兴而来,尽兴而去。那日,四溢的酒香,温暖的炉火,实在让人神往。或许,对白居易来说,刘十九来与不来,都已无所谓。

那红泥炉火,千年后仍未熄灭。

而那壶酒,始终不曾饮尽。

陆 游
夜阑卧听风吹雨，铁马冰河入梦来

1

有人为酒而生，有人为情而生。

有人为名利而生，有人为山水而生。

为何而生，也必为何而悲喜。

为酒而生，必然耽于酒，醉意朦胧；为情而生，必然痴于情，情多而伤；为名利而生，必然牵绊于名利，难得自在；为山水而生，必然徘徊于山水，在潇洒中孤独。

陆游是为情而生的。

为了一个女子，他悲伤了几十年。

在世人看来，陆游与唐婉分开，是陆游薄情。

但是生于那个时代，陆游有他的无奈。那是个被礼教封锁的时代，许多事都必须将礼教置于前头。至于爱情，被裹挟在忠孝节义里面，几无力气。

事实上，即使是七百多年后，徐志摩也曾被忠孝节义囚困。1922 年，他与生子不足一个月的张幼仪离婚，人们都骂他无情。而

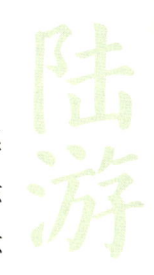

他为了战胜礼教而狂喜。他在诗中写道:"咳,忠孝节义谢你维系四千年史髅不绝,却不过把人道灵魂磨成粉屑……"离婚后,徐志摩说:"我将在茫茫人海中寻访我唯一之灵魂伴侣。得之,我幸;不得,我命。"

陆游与徐志摩,皆是被忠孝节义羁束的人。不同的是,在一场源自父母之命、媒妁之言的婚姻里,陆游遇见了一个可心之人,徐志摩则是与张幼仪多年同床异梦。可惜,陆游深爱着唐婉,却不得不与她分开,这并非陆游薄情寡义,他只是无力战胜世俗的逻辑和认知。他是个痴情的人,也是个豪放的人。

闻道梅花坼晓风,雪堆遍满四山中。
何方可化身千亿,一树梅前一放翁?

落梅如雪,迎风绽放。

他喜欢梅,于是便想化身千万,让每一棵梅花树下都有一个陆游。

他是位爱国诗人,很多诗词大气磅礴。

关于他的诗词,刘克庄说:"其激昂感慨者,稼轩不能过。"赵翼说:"宋诗以苏、陆为两大家,后人震于东坡之名,往往谓苏胜于陆,而不知陆实胜苏也。"杨慎说:"纤丽处似淮海,雄快处似东坡。"

钱钟书曾说:"爱国情绪饱和在陆游的整个生命里,洋溢在他的全部作品里;他看到一幅画马,碰见几朵鲜花,听了一声雁唳,喝几杯酒,写几行草书,都会惹起报国仇、雪国耻的心事,血液沸腾起来，而且这股热潮冲出了他的白天清醒生活的边界，还泛滥到他的梦境里去。这也是在旁人的诗集里找不到的。"

陆游写过一首《诉衷情》：

当年万里觅封侯，匹马戍梁州。关河梦断何处？尘暗旧貂裘。
胡未灭，鬓先秋，泪空流。此生谁料，心在天山，身老沧洲。

陆游的夙愿，是北定中原。

这是他的夙愿，自然也是许多仁人志士的夙愿。

可惜，朝廷孱弱，不思进取，他们无能为力。

当时，几乎所有的主战派，仕途都十分坎坷，陆游也不例外。因为主张北上抗金，他数次被贬。尽管如此，他的一颗心始终为家国跳动着。宋宁宗嘉定二年（1209）深冬，陆游卧病在床，不久后离世。弥留之际，他作了首《示儿》，仍惦记着平定中原之事。

死去元知万事空，但悲不见九州同。
王师北定中原日，家祭无忘告乃翁。

陆游诗词兼擅，文章亦是落笔不俗。他的文字，有的深沉悲凉，有的豪放跌宕。他有八十五卷《剑南诗稿》存世，收录诗九千余首。历代文人，就诗文数量而言，少有出其右者。同时，陆游也喜欢书法，他的字遒劲飘洒，独具风骨，有《苦寒帖》存世。

陆游骨子里是个狂傲和耿介的人。他活得洒脱奔放，不喜攀附，亦不喜阿谀。淳熙二年（1175），主和派弹劾陆游不拘礼法，狂放不羁，陆游便自号"放翁"，以示还击。绍熙元年（1190），因为主张收复中原，建议北伐，陆游再次被弹劾，主和派群起攻之，结果，陆游以"嘲咏风月"之名被罢官。为了表示抗议，他将住宅命名为"风月轩"。

人活着，最重要的就是风骨。

有了风骨，方能不攀附、不将就、不逢迎。

耿介率性、忧国忧民，这就是陆游。

病骨支离纱帽宽，孤臣万里客江干。
位卑未敢忘忧国，事定犹须待阖棺。
天地神灵扶庙社，京华父老望和銮。
《出师》一表通今古，夜半挑灯更细看。

即使身份低微，他也不忘家国社稷。可惜，他的一腔热忱，注定要被湮灭于无声。天子无收复河山之心，大臣无安定天下之能，所有的热情终将冷却成一种深沉的凄凉。

淳熙十三年（1186）初，陆游奉诏入京，被授予严州知州之职。在临安，一场春雨后，万物如新。带着几分欢喜，陆游作了首《临安春雨初霁》：

世味年来薄似纱，谁令骑马客京华。
小楼一夜听春雨，深巷明朝卖杏花。
矮纸斜行闲作草，晴窗细乳戏分茶。
素衣莫起风尘叹，犹及清明可到家。

小楼听雨,深巷卖花。

矮纸上落笔,小窗边烹茶。

正是:因过竹院逢僧话,又得浮生半日闲。

狂放的陆游,也有恬淡之时。

2

我们的人生,便是我们的作品。

作品的成色,决定于我们的性情和追求。

人生的成功,与成败得失无关,而在于我们是否曾经为了自我实现而努力。暮色苍苍的时候,回味人生,就像是把玩一件作品,或许会暗喜,或许会沉默,或许会满足,或许会难过。我以为,走过漫长岁月,始终与自己不离不弃,便是好的人生。

陆游的人生,多次沉浮,却是丰盈的。

他忠于自己,忠于性情,活成了自己喜欢的模样。

他唯一不满意的,恐怕就是放弃了一个深爱着的女子。

陆游出生于宣和七年(1125)。那时候,金军南下入侵,大宋王朝行将就木。后来,他知道了何为江山社稷,何为国恨家仇。出身于名门望族的陆游,自幼聪颖,喜读诗书,十余岁时,诗文就受到许多前辈的赏识。

绍兴二十三年(1153),陆游赴临安参加锁厅考试(为官员及门荫子弟所设的科考),喜获第一,秦桧不满其孙在陆游之下,大发雷霆。次年,陆游参加礼部考试,因秦桧作梗,无奈落第。又过了一年,秦桧病死。陆游被赐进士出身,步入仕途。

陆游的一生,都在为恢复中原而努力。朝堂之上,大多数人主和,认为北伐中原无异于以卵击石。靖康之变中,金军如入无人之境,大宋君臣被吓破了胆,从此再难提起勇气。陆游则始终认为,君臣一心,必能收取关山。他写过一首《金错刀行》:

黄金错刀白玉装,夜穿窗扉出光芒。
丈夫五十功未立,提刀独立顾八荒。
京华结交尽奇士,意气相期共生死。
千年史策耻无名,一片丹心报天子。
尔来从军天汉滨,南山晓雪玉嶙峋。
呜呼!楚虽三户能亡秦,岂有堂堂中国空无人!

可惜,碧血丹心终于落入了尘埃。

在以偏安为主流思想的南宋,北伐之事难有进展。

当然,南宋的历史上,有过北伐。

绍兴三十二年(1162),宋孝宗即位。在南宋的皇帝中,他算是很有才干的。一年后,宋孝宗以张浚为枢密使,主持北伐。彼时,陆游上书张浚,建议做长远计划,不可草率进军,未被张浚采纳。这次北伐,宋军在符离溃败。不久,南宋与金签订了"隆兴和议"。此后,偏安的思想更是占了主导。乾道元年(1165),陆游因主战被罢官。

四年后,陆游被起用,任夔州通判。其后,他被川陕宣抚使王炎召为干办公事,来到王炎的幕府。在那里,他写下了《平戎策》,提出了收复中原必须先收复长安,收复长安必须先收复陇右的想法。可惜,这封北伐计划书,朝廷几乎未予理睬。后来,辛弃疾也有过类似的经历,他在词中感慨道:"却将万字平戎策,换得东家种树书。"乾道八年(1172)十月,王炎被调入京,幕府解散。北伐梦碎,陆游作了首《谢池春》:

> 壮岁从戎,曾是气吞残虏。阵云高,狼烟夜举。朱颜青鬓,拥雕戈西戍。笑儒冠、自来多误。
>
> 功名梦断,却泛扁舟吴楚。漫悲歌,伤怀吊古。烟波无际,望秦关何处。叹流年、又成虚度。

陆游,也曾气吞万里如虎。

可惜,偏安论调甚嚣尘上,主战派难有出头之日。

功名梦断,他只好泛舟五湖,过自己的日子。

乾道八年(1172),陆游来到了成都,任成都府安抚司参议官,次年又改任蜀州通判。在成都,陆游曾作《蜀州大阅》,抨击朝廷苟延残喘。

不过,在成都的日子甚是清闲。陆游时常游走于山水之间。范成大统率蜀州时,与陆游相交甚笃,两人时常结伴同游,也曾把酒吟诗。后来,陆游因放纵不羁等罪名被罢官,便在杜甫草堂附近拾掇出一个园子,过起了素淡的农人生活。

数年后,陆游再次被起用,前往福州、江西等地任职,又因被弹劾行为不检点而辞官,回到了故乡山阴。那里山明水秀,最适合闲居。多年前,贺知章致仕后闲居山阴,过着花下吟诗、碧溪垂钓的日子。回到山阴后,陆游的日子亦是如此。他写过一首《鹊桥仙》：

一竿风月，一蓑烟雨，家在钓台西住。卖鱼生怕近城门，况肯到红尘深处。

潮生理棹，潮平系缆，潮落浩歌归去。时人错把比严光，我自是无名渔父。

那时候，他只是一个闲适的垂钓之人。

人们认为，他就像当年不愿为官，垂钓富春江的严光。

但在他心里，他就是他，陆游。

一蓑烟雨，一竿风月，潮起泛舟，潮平系缆。潮落之时，悠然归去。这就是陆游在山阴的生活。他不喜繁华，就连卖鱼都不愿靠近城门。

闲居五年后，陆游再度被起用。六十二岁，他仍是那个热血的陆游。因为谈论北伐，他被主和派攻击，又被罢官。十余年后，陆游被召入京，主持编纂宋孝宗及宋光宗的《两朝实录》和《三朝史》。七十九岁，陆游致仕归里。日子又恢复了平静，如他在那首《点绛唇》中所写：

采药归来，独寻茅店沽新酿。暮烟千嶂，处处闻渔唱。

醉弄扁舟，不怕粘天浪。江湖上，遮回疏放，作个闲人样。

陆游闲居山阴，辛弃疾曾造访。他们都是主战派，关于山河社稷，他们倾谈许久。自然，倾谈越深，就越是感慨。辛弃疾见陆游房舍破旧，想为他重建住宅，却被陆游婉拒了。人至暮年，许多事都成了身外事。辛弃疾离开后，陆游仍旧过着闲散的日子。

湖山胜处放翁家，槐柳阴中野径斜。
水满有时观下鹭，草深无处不鸣蛙。
箨龙已过头番笋，木笔犹开第一花。
叹息老来交旧尽，睡余谁共午瓯茶？

暮年，他又见证了一次北伐。开禧二年（1206），韩侂胄出兵北伐。闻讯，陆游无比欣喜。然而，这次北伐仍以宋军溃败为结局，韩侂胄被杀，宋金签订了"嘉定和议"。北伐失败，陆游无比心痛。

两年后，带着忧愤，陆游辞世。

离开前，遥望中原，他仍是一往情深。

那里，是一个王朝的故乡。

3

红尘相遇，一念一生。

唐婉，始终是陆游心上的一颗红痣。

在他心里，她从未老去。

陆游的一生，有两个遗憾。其一是中原未能平定，其二是未能与唐婉携手人间。为了一场无奈的离别，他悲伤了大半生，算得上痴情。他写过近万首诗，但是最重要的，或许就是与唐婉有关的那些。倘若能用一生功名去换一个唐婉，想必他是愿意的。

二十岁，陆游与表妹唐婉完婚。曾经，他们青梅竹马，两小无猜；此时，他们人生结伴，诗酒相酬。唐婉是个婉约明净的女子，喜欢诗词，擅长音律。婚后，他们过着花前月下、作画吟诗的日子。

然而，陆游的母亲对唐婉很不满，他逼迫陆游休了唐婉，另娶了一位姓王的女子。之所以如此，有人说是因为唐婉无法生育，有人说陆母不愿看陆游沉湎于风花雪月、儿女私情。与心爱的女子分开，陆游无比难过，但他没办法，他不能忤逆母亲。分开以后，陆游的心里始终惦记着唐婉，一生不曾放下。

情深缘浅，最是伤人。

这样的悲剧，偏偏让陆游遇上了。

最后，所有的惦念，都化成了无言的悲伤。

那年，因为秦桧从中作梗，陆游遗憾落榜。不久后，他回到了山阴。许多日子，他都在借酒浇愁。偶尔，他也会漫步于云水之间。

一日，独步沈园，陆游与唐婉不期而遇。那时，唐婉已嫁给了赵士程。四目相对，他们仅有数语的寒暄。其后，唐婉回到赵士程的身边。陆游立在原地，恍如身在梦里。不知不觉间，他又来到了唐婉夫妇的附近，见他们相对小酌。他看得出，唐婉眉头紧锁，若有所思。忆起往事，陆游在沈园的墙壁上题了首《钗头凤》：

红酥手，黄縢酒，满城春色宫墙柳。东风恶，欢情薄，一怀愁绪，几年离索。错，错，错。

春如旧，人空瘦，泪痕红浥鲛绡透。桃花落，闲池阁。山盟虽在，锦书难托。莫，莫，莫。

尘缘二字,最是冰冷。

缘分来,如莺飞草长;缘分灭,如夜雨凄凄。

所有的山盟海誓,都敌不过世事无常。

题完了词,陆游怅然而去。那日,唐婉经过那面墙,看到陆游的词,突然间泪如雨下。回到家里,带着悲伤,她也写了首《钗头凤》:

世情薄,人情恶,雨送黄昏花易落。晓风干,泪痕残,欲笺心事,独语斜阑。难,难,难。

人成各,今非昨,病魂常似秋千索。角声寒,夜阑珊,怕人寻问,咽泪装欢。瞒,瞒,瞒。

他们的心,从未远离。

可是,尘世中,他们各有各的生活。

许多日子,唐婉都在强颜欢笑。

想那赵士程,亦是儒雅之人,对唐婉呵护有加。但是,人的一生,或许最爱的只能是一个人。赵士程再好,也难以真正走入唐婉的心里。最终,唐婉郁悒成疾。在写了这首《钗头凤》后不久,就凄然离世了。

那些年,仕途颠簸,陆游都一笑置之。

但是,每次想起唐婉,他都会心疼。

淳熙十四年(1187),陆游六十三岁。这年秋天,陆游采菊后,让人缝入枕囊,蓦然间想起,二十岁时也有过相似的情景。那时候,他曾写过菊枕诗;那时候,他的身边有个叫唐婉的女子。感伤之余,

他作了两首诗:

采得黄花作枕囊,曲屏深幌闷幽香。
唤回四十三年梦,灯暗无人说断肠。

少日曾题菊枕诗,蠹编残稿锁蛛丝。
人间万事消磨尽,只有清香似旧时。

四十三年,一晃而过。
而那红颜,在他心里依旧风姿绰约。
四年后,陆游重游沈园。那首《钗头凤》仍在,墙壁却已破旧不堪。那日,忆起当日重逢的画面,他在墙壁前伫立了很久,然后,他又作了两首诗。他说:"林亭感旧空回首,泉路凭谁说断肠。"他说:"坏壁醉题尘漠漠,断云幽梦事茫茫。"
沈园像是一个老者,守护着一段往事。
每次来到这里,陆游总能触摸到旧日时光。
当然,每次他都会写诗,祭奠从前。
宋宁宗庆元五年(1199),七十五岁的陆游再次来到沈园。彼时,唐婉已离世四十余年。独步无人,暗自感伤,陆游作了两首《沈园》:

城上斜阳画角哀,沈园非复旧池台。
伤心桥下春波绿,曾是惊鸿照影来。

梦断香消四十年,沈园柳老不吹绵。

此身行作稽山土，犹吊遗踪一泫然！

他已苍老，沈园已非旧日模样。
但在他心里，那红颜仍是年华正好的模样。
对陆游来说，沈园是一帘幽梦。他不敢去，却又不得不去。在那里，他可以溯回遥远的从前，遇见年轻的自己，遇见那烟雨红颜。每次作诗，他都会老泪纵横。所有的诗，累积起来，成了一种岁月无法湮灭的长情。
六年后的春天，陆游再游沈园。
柳暗花明的日子，他的诗仍是一纸凄凉：

城南小陌又逢春，只见梅花不见人。
玉骨久成泉下土，墨痕犹锁壁间尘。

华发满头，他仍旧痴情。
一份爱，经历了半个世纪岁月的磨洗，不曾褪色。
八十四岁，陆游最后一次为唐婉写诗。

沈家园里花如锦，半是当年识放翁。
也信美人终作土，不堪幽梦太匆匆。

一场花落，半世伤心。
沈园的花草树木，都记得他的深情。
愿世间你我，皆能深情而活。

题 记

文武双全：他们是将领，救黎民于水火，解百姓之倒悬。他们又是文人，社稷边陲，猎火狼烟，谁笔下的誓言铿锵有力？

第十回合

高适 PK 岳飞

李家江山和赵家社稷都不好守

高 适
莫愁前路无知己，天下谁人不识君

1

左手诗笔，右手书剑。

唐代的许多诗人，就是这副模样。

李白是这样，高适也是这样。

作为边塞诗人，高适曾独游燕赵大地，被那里的游侠之气吸引。他也曾在河西节度使幕中任职，感受塞外的荒凉与萧索。因此，他的诗少了几分淡雅，多了几分辽阔。他说"战士军前半死生，美人帐下犹歌舞"，他说"借问梅花何处落，风吹一夜满关山"。

武则天久视元年（700），高适出生。祖父高偘曾是大将军，父亲高崇文曾为韶州长史。不过，到高适这里早已家道中落，他几乎不曾受到先辈的荫庇。年幼时，他甚至有过乞讨的经历。要改变命运，他只有发奋读书考取功名一条路。

在困顿中长大的高适，从未放弃读书。不过，随着年岁渐长，他又学会了赌博，读书之余时常混迹于赌场。当然，高适也喜欢饮酒，独酌或者与朋友推杯换盏，各有其趣。

二十岁那年，为了寻觅仕进之途，高适只身来到了长安。偌大的长安城，人来人往，甚是热闹。然而，热闹都是别人的。高适只有自己。年轻的他，寂寂无闻，只有在灯火下暗自叹息的份。

不久后，他离开长安，独游梁宋（开封和商丘）。看不到前途，他便在宋城住了下来。这一住就是八年。其间，他学着耕作，学着垂钓，以维持生计。

生活两个字，永远都是谜题。

你可以眼高于天，但你逃不开柴米油盐。

任何志向高远的人，都必须先解决衣食住行的问题。

当年，姜太公在渭水以直钩垂钓，为的是遇见他想要遇见的人，正所谓"姜太公钓鱼，愿者上钩"；多年后，严子陵在富春江畔垂钓，只因他厌倦仕途，只愿过简单的日子。高适钓鱼，则纯粹是为了生存。他没有姜太公的深意，也没有严子陵的闲情。

开元十八年（730），高适离开宋城，前往燕赵大地游历。年过而立，一事无成，他希望通过游历燕赵大地，改变自己的人生。事实上，他的骨子里本就有游侠气质。如果可以，他愿意做个游侠，行侠仗义，笑傲红尘。他喜欢把酒高歌，也喜欢纵横四海。李白诗里写道："托身白刃里，杀人红尘中。当朝揖高义，举世钦英风。"那样的情节，高适也向往过。在燕赵期间，他写了不少大气磅礴的诗，他在《真定即事奉赠韦使君二十八韵》中写道：

城邑推雄镇，山川列简图。旧燕当绝漠，全赵对平芜。
旷野何弥漫，长亭复郁纡。始泉遗俗近，活水战场无？
月换思乡陌，星回记斗枢。岁容归万象，和气发鸿炉。

沦落而谁遇，栖遑有是夫？不才羞拥肿，干禄谢侏儒。
契阔惭行迈，羁离忆友于。田园同季子，储蓄异陶朱。
方欲呈高义，吹嘘揖大巫。永怀吐肝胆，犹惮阻荣枯。
解榻情何限，忘言道未殊。从来贵缝掖，应是念穷途。

三十六岁那年，高适前往长安参加科考，无奈落第。失落的他，再次离开了长安，漫游于各地。此时的他，仍旧只是一介布衣，除了书剑，一无所有。那时候，大唐王朝正值盛世，他也愿意"书剑许明时"，却始终不能如愿。

他最常去的地方，仍是酒肆和赌场。他的手气还算不错，每入赌场总有收获。然后，他会拿着赢来的钱去往酒肆，将自己灌醉。人说，一醉解千愁，其实也未必。或许，最沉醉的时候也是最清醒的时候。

他也喜欢带着落寞的自己去到村野，在曲径疏篱之间寻找几分悠然。在淇水之畔，他曾感受农家生活的安逸，并作有《淇上别业》。然而，那样的安逸是别人的。他有的，是彷徨与落寞。

依依西山下，别业桑林边。
庭鸭喜多雨，邻鸡知暮天。
野人种秋菜，古老开原田。
且向世情远，吾今聊自然。

山水相绕，鸡犬相闻。
可以说，那里仿佛是真正的世外桃源。

只是，人们各自忙碌，他只是个局外人。在诗的末句，他说暂且远离世态炎凉，享受身在自然的宁静悠然。但是很显然，这不过是自我安慰罢了。那些年，入仕无门，他定然早已受尽了人情冷暖、世态炎凉。

那年，他在淇上结识了书法家张旭。

两人把酒言欢，喝得烂醉。高适作有《醉后赠张九旭》：

世上谩相识，此翁殊不然。
兴来书自圣，醉后语尤颠。
白发老闲事，青云在目前。
床头一壶酒，能更几回眠？

开元二十六年（738），高适再次回到了宋城。返回途中，遇见一位从塞北归来的朋友，给他看了新作的《燕歌行》，思及沙场征战之事，他感慨万千，于是也作了首《燕歌行》：

汉家烟尘在东北，汉将辞家破残贼。
男儿本自重横行，天子非常赐颜色。
摐金伐鼓下榆关，旌旆逶迤碣石间。
校尉羽书飞瀚海，单于猎火照狼山。
山川萧条极边土，胡骑凭陵杂风雨。
战士军前半死生，美人帐下犹歌舞！
大漠穷秋塞草腓，孤城落日斗兵稀。
身当恩遇常轻敌，力尽关山未解围。

铁衣远戍辛勤久，玉箸应啼别离后。
少妇城南欲断肠，征人蓟北空回首。
边庭飘飖那可度，绝域苍茫无所有。
杀气三时作阵云，寒声一夜传刁斗。
相看白刃血纷纷，死节从来岂顾勋？
君不见沙场征战苦，至今犹忆李将军。

战士军前半死生，美人帐下犹歌舞。

战争失败有很多原因，但这无疑是最让人难以接受的。

高适对于边疆战事颇有研究，他在《蓟中作》中写道："岂无安边书，诸将已承恩。惆怅孙吴事，归来独闭门。"可惜，当年他想要投入信安王李祎幕中，却未能如愿。

李白在《子夜吴歌·秋歌》里写道："长安一片月，万户捣衣声。秋风吹不尽，总是玉关情。何日平胡虏，良人罢远征。"边境战事频仍，往往意味着无数女子独守空房。高适这首诗写征战之苦，其用意在于谴责不体恤战士、荒淫失职的将领。据说，这里所写的将领，是奉命征讨奚和契丹，轻敌冒进以致失败的安禄山。

不管怎样，高适改变不了战局。

此时的他，只是一介书生。

2

人生，不会总处于低潮。

江湖夜雨，总有雨过天晴的时候。

最重要的是,我们的心中,要为自己亮着一盏灯。

人生艰难,但高适从未放弃努力。

天宝八年(749),受睢阳太守张九皋举荐,高适前往长安应有道科考试,顺利登第,被授予封丘县尉之职。不过,对他来说,这是个食之无味,弃之可惜的职位。作为封丘县尉,他不仅要被上司呼来喝去,还要负责向黎民百姓收租,有时候还要奉命鞭笞庶民。从他那首《封丘作》中,足见身居低位的无奈:

我本渔樵孟诸野,一生自是悠悠者。
乍可狂歌草泽中,宁堪作吏风尘下。
只言小邑无所为,公门百事皆有期。
拜迎长官心欲碎,鞭挞黎庶令人悲。
悲来向家问妻子,举家尽笑今如此。
生事应须南亩田,世情付与东流水。
梦想旧山安在哉,为衔君命日迟回。
乃知梅福徒为尔,转忆陶潜归去来。

显然,那不是他想要的仕途的模样。

他说,他本是山野间的渔樵,过着悠然写意的生活。没想到,走入仕途,却要遭受这般扰攘之苦。既然如此,倒不如像陶渊明那样,辞官而去,隐于田园,过平淡的日子。

在封丘县尉任上,高适曾为被贬好友饯行,作有《送李少府贬峡中王少府贬长沙》。虽然心知一别便是天涯,他还是劝慰好友说,天子圣明,他们只是暂别。

嗟君此别意何如，驻马衔杯问谪居。
巫峡啼猿数行泪，衡阳归雁几封书。
青枫江上秋帆远，白帝城边古木疏。
圣代即今多雨露，暂时分手莫踌躇。

三年后，高适辞去了形同鸡肋的封丘县尉之职。不久后，他投入十分赏识他的凉州河西节度使哥舒翰幕中，担任掌书记。从此时开始，高适的人生发生了根本性的转折。在哥舒翰幕中，他作有《塞上听吹笛》一诗：

雪净胡天牧马还，月明羌笛戍楼间。
借问梅花何处落，风吹一夜满关山。

这首诗，读起来颇有李白"黄鹤楼中吹玉笛，江城五月落梅花"的意味。明月之夜，羌笛声声，仿佛一夜之间，梅花落满了关山。那时的高适，在孤独中畅快。送朋友李侍御前往安西，他作有《送李侍御赴安西》：

行子对飞蓬，金鞭指铁骢。
功名万里外，心事一杯中。
虏障燕支北，秦城太白东。
离魂莫惆怅，看取宝刀雄。

身在河西的高适，很想建功立业，为了大唐王朝，他可以不辞

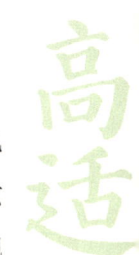

生死。汉武帝在长安未央宫建有麒麟阁,供奉十一位功臣。唐代也有为表彰二十四功臣而建的凌烟阁。高适设想过,成为大唐的股肱之臣,虽无法进入凌烟阁,至少能被青史铭记。这样的愿望,体现在他那首《塞下曲》中:

结束浮云骏,翩翩出从戎。且凭天子怒,复倚将军雄。
万鼓雷殷地,千旗火生风。日轮驻霜戈,月魄悬雕弓。
青海阵云匝,黑山兵气冲。战酣太白高,战罢旄头空。
万里不惜死,一朝得成功。画图麒麟阁,入朝明光宫。
大笑向文士,一经何足穷。古人昧此道,往往成老翁。

天宝十四载(755),安史之乱爆发。这年冬天,高适官拜左拾遗,继而迁官监察御史,辅佐哥舒翰驻守潼关。次年夏,安禄山大军攻破潼关,哥舒翰被俘。高适随出逃的唐玄宗来到了蜀中,不久后被擢升为谏议大夫。

那时候,玄宗将太子和诸王封为节度使,高适认为此举必会造成割据局面,可惜劝阻无果。肃宗在灵武即位后,永王李璘也对江山有觊觎之心,在一众谋士的怂恿下招兵买马,公然对肃宗宣战。

彼时,高适被派去辅佐肃宗。肃宗与他商议后,见他见解独到,便封他为淮南节度使,前往征讨永王叛乱。永王之乱被平定之后,高适又奉命讨伐安史叛军。

唐军收复长安后,高适入朝任谏议大夫。性情耿直的他时常直言进谏,令肃宗不悦,又兼权臣李辅国屡进谗言,结果他被贬为太子詹事。其后,高适离开京城,先后任彭州刺史和蜀州刺史。安史之乱平定那年，高适任剑南西川节度使。次年春，他再度入朝，任刑部侍郎等职。唐代宗永泰元年（765），高适离世，终年六十六岁，朝廷赠礼部尚书。

终于，一切都结束了。

离开的时候，他已明了，功名利禄皆是过眼云烟。

但是，生而为人，总要有所追求。

3

走到最后，他定会忆起从前。

那年那月，几位诗人曾共同留下一段佳话。

天宝三载（744），李白被玄宗赐金放还。在洛阳，他遇到了迷惘的杜甫。同游多日后似乎意犹未尽，于是临别时，他们又约好于当年秋天再游梁宋。那个秋天，两人如期赴约，游山玩水，访道求仙。而且，他们还遇到了高适。皆是洒脱之人，许多日子，他们把酒倾谈，品评古今世事，也曾打猎观伎，极为欢畅。对高适来说，那是人生中少有的快活日子。

可惜，十一年后，安史之乱爆发，高适与李白的关系发生了很大改变。那时候，李白投入了永王李璘的幕府。永王发动叛乱，李白作了《永王东巡歌十一首》，为其摇旗呐喊。偏偏，高适奉命讨伐永王叛乱。后来，叛乱平息，李白入狱。李白写了首《送张秀才谒高中丞》向高适求助。

秦帝沦玉镜，留侯降氛氲。感激黄石老，经过仓海君。

壮士挥金槌，报仇六国闻。智勇冠终古，萧、陈难与群。
两龙争斗时，天地动风云。酒酣舞长剑，仓卒解汉纷。
宇宙初倒悬，鸿沟势将分。英谋信奇绝，夫子扬清芬。
胡月入紫微，三光乱天文。高公镇淮海，谈笑却妖氛。
采尔幕中画，戡难光殊勋。我无燕霜感，玉石俱烧焚。
但洒一行泪，临歧竟何云。

面对故友写来的求救诗，高适陷入两难的境地。毕竟，参与叛乱非寻常小事。最后，在友情与前程中，高适选择了后者。我们当然不能以这一件事来评判高适的人品。仕途上的明枪暗箭随处可见，一个不小心就可能万劫不复。既然选择了仕途，选择了功名，他就不愿轻易放弃。因此，在两难的抉择中，高适决定以功名为重。他未伸出援手，李白无比难过。此后两人再无交集。可以肯定，做出这个选择，高适也甚感痛苦和愧疚。

高适对比他小十多岁的杜甫倒是不薄。杜甫在成都虽建了草堂，免了流离之苦，但日子还是时常窘困。日子难以维持的时候，他写了首《因崔五侍御寄高彭州一绝》寄给高适，希望老友给予资助。杜甫在诗中说："百年已过半，秋至转饥寒。为问彭州牧，何时救急难？"既然是故交，杜甫也没有客套。高适视杜甫如兄弟，立刻以钱米相赠。后来，他任剑南节度使时，仍对杜甫照拂有加。

高适最著名的诗，除了那首《燕歌行》，便是《别董大二首》。诗体中所言的董大即董庭兰，其人擅长古琴，也喜欢吹奏筚篥，在当时极负盛名，高适和李颀等著名诗人都是他的好友。李颀曾写诗称赞董庭兰的琴艺："空山百鸟散还合，万里浮云阴且晴。嘶酸雏雁失群夜,断绝胡儿恋母声。"

董庭兰曾为房琯门客。房琯被贬出京,董庭兰也离开了长安。高适与董庭兰相识于何时我们不得而知。知道的是,高适曾在睢阳为董庭兰饯行,还作了《别董大二首》:

十里黄云白日曛,北风吹雁雪纷纷。
莫愁前路无知己,天下谁人不识君?

六翮飘飖私自怜,一离京洛十余年。
丈夫贫贱应未足,今日相逢无酒钱。

莫愁前路无知己,天下谁人不识君。
飞雪的日子,这样的话语定能让临行之人感到温暖。
高适是位豪迈的诗人,因此每次面对离别,他总是显得很淡然。从"圣代即今多雨露,暂时分手莫踌躇"到"离魂莫惆怅,看取宝刀雄",再到"莫愁前路无知己,天下谁人不识君",都显得无比旷达。或许,对他来说,离别正是相聚的开始,正如王勃诗中所写:"海内存知己,天涯若比邻。"高适在另一首离别诗作《夜别韦司士》中也是同样的心境:

高馆张灯酒复清,夜钟残月雁归声。
只言啼鸟堪求侣,无那春风欲送行。
黄河曲里沙为岸,白马津边柳向城。
莫怨他乡暂离别,知君到处有逢迎。

这里的逢迎，并非曲意逢迎之意，而是迎接的意思。离别之际，高适劝慰好友，足迹所至，总会有人款待。王维说"劝君更尽一杯酒，西出阳关无故人"，高适却说"莫怨他乡暂离别，知君到处有逢迎"。王维虽被称为诗佛，倒不如高适洒脱。

岳 飞
三十功名尘与土，八千里路云和月

1

匹马关山，是他。

丹心一片，忠义千秋，是他。

长刀凌日月，剑气动山河，也是他。

他便是岳飞，字鹏举。他是真正的英雄。岁月深处，他曾跃马关河，剑气纵横。他所带的军队被称为"岳家军"，所向披靡，无往不胜，金人说："撼山易，撼岳家军难！"就是这样的英雄，却是带着悲愤离开的。

他是铁血将军，戎马倥偬，矢志不移。他愿意为了江山社稷，殉身疆场，马革裹尸。他的一切努力，只为河山完整、金瓯重圆。然而，彼时的南宋王朝，却没有北定中原的勇气。上至天子，下至朝臣，都更倾向于偏安苟且。江南云水，罩着一个孱弱的王朝，几分清幽，几分不屑。

英雄，怕的是迟暮与末路。抛头颅，洒热血，于他们皆是光荣。可惜，岳飞未能战死沙场，却是死于奸佞之手。他是个忠义的人，带着一个"莫须有"的罪名，人生落幕。当年，登临黄鹤楼，他作过一首《满江红》：

遥望中原，荒烟外、许多城郭。想当年、花遮柳护，凤楼龙阁。万岁山前珠翠绕，蓬壶殿里笙歌作。到而今、铁骑满郊畿，风尘恶。

兵安在，膏锋锷。民安在，填沟壑。叹江山如故，千村寥落。何日请缨提锐旅，一鞭直渡清河洛。却归来、再续汉阳游，骑黄鹤。

曾经，大宋无比强盛，汴京极为繁华。

后来，一切都被战马踩碎，成了岁月陈迹。

战火之中，江山破碎，黎民蒙难。

黄鹤楼上，遥望中原，看到的只是一片荒凉。他无数次想过，长剑在手，荡平敌寇，收复中原万里河山；胜利归来，畅游山水，把酒长歌。然而，结果是，出师未捷身先死。河山依旧残缺，他已陨落于无声。

他是个气贯长虹的将军，但十分孝顺。在母亲身边，他是个温情的儿子。从军多年后，岳飞将母亲接到了军营，细心服侍，每晚都会前去问安。母亲患病，他总是亲自尝过汤药，再送至母亲手中，连走路都屏息凝神，生怕影响母亲休息。母亲病故后，他亲自远行千里，送灵柩回乡。在他看来，若无孝道，便无忠义可言。

岳飞生活简朴，在衣食住行等方面，他都反对奢华。一次，妻子李娃穿了件绫罗材质的衣服，岳飞对她说："皇后及众妃嫔在北方艰苦度日，我们也该一切从简。"此后，妻子也朴素了起来。在岳飞看来，粗茶淡饭，能果腹便好，玉盘珍馐皆是奢靡之物，毫无意义。

行军打仗，必然要风餐露宿。岳飞始终与将士在一起，同甘共苦。高宗曾计划为岳飞建府邸，却被他婉言谢绝了。朝廷每有封赏，岳飞都会分给下属。有时候，他也会将皇帝赏赐之物变卖，以充军资。他曾说，文官不爱财，武官不惜命，便可天下太平。

高适诗云："战士军前半死生，美人帐下犹歌舞。"带兵打仗，最忌讳贪恋声色，不管战士死活。岳飞不喜歌舞之事，也从不纳妾。名将吴玠曾送给岳飞一个美丽女子，希望他纳其为妾。部将都劝岳飞将此女子留下，如此便是给吴玠面子。然而，岳飞还是坚决将女子退了回去。他说，国恨家仇未雪，绝不能贪图享乐。

他不知道，西湖之畔，已有了歌舞升平。

马蹄声犹在，南宋君臣已开始了声色犬马的生活。

一个王朝，就在云水之间，摇摇晃晃百余年。

其实，岳飞是喜欢山水的。他写过一首《池州翠微亭》：

经年尘土满征衣，特特寻芳上翠微。
好水好山看不足，马蹄催趁月明归。

征战之余，登山临水，终于觅得几分悠然。

他喜欢行走于山水之间，但他更喜欢完整的山河。

他还写过一首《寄浮图慧海》：

湓浦庐山几度秋，长江万折向东流。
男儿立志扶王室，圣主专师灭虏酋。
功业要刊燕石上，归休终伴赤松游。

丁宁寄语东林老，莲社从今着力修。

身为男儿，就该建功立业。当然，岳飞所说的功业，不是高官厚禄，不是锦衣玉食，而是收复旧山河。他想过，待河山完整，辞官退隐，与林山为邻。

那时候，许多仁人志士，皆有这样的愿望。

可惜，他们的愿望都落空了。

北定中原，只是个口号。

2

我们是属于岁月的。

很多时候，我们的选择也就是岁月的选择。

最好的结局是，我们无悔，岁月无声。

岁月选择了岳飞。他成了铁马过山河的将军。他曾想为国而战，有死而已。然而，他终究未能为国而死。想必，看他悲愤而逝，岁月也会黯然。

崇宁二年（1103）春，岳飞出生于汤阴。正所谓，英雄不问出处。他只是个普通的农家孩子，后来却成了雄姿英发的将军。据说，岳飞出生时，有大鹏飞过房屋，因此父母为他取名为飞，字鹏举。

年少时，岳飞聪颖而沉静。他喜欢读书，尤其喜欢兵法。同时，他也喜欢习武，曾拜周同为师，学习武术和骑射。后来，周同离世，他又拜陈广为师，终日舞枪弄棒。数年后，他武艺超群，县内少有敌手。他天生神力，不到二十岁便能拉开三百斤的弓。

大宋开国以来，始终与辽国对峙，多有战事。岳飞二十岁时，宋军败给辽军。岳飞从戎，开始了他的军旅生涯。父亲离世后，他离开军队回乡服丧。两年后，他再次从军，投入了平定军（今山西平定县）。多次参加战斗，他表现英勇，也得到了很好的锻炼。

金军攻宋，平定军失守。岳飞突围回到家乡。一路之上，他亲眼看到金人铁蹄下生灵涂炭。义愤填膺的他，很想立刻投军，抗击金军，却又担心乱世之中，母亲和妻儿无人照料，难保周全。岳母深明大义，送岳飞从军，还在他背上刺了"尽忠报国"四字，勉励他为家国山河而战。

在与金人的战争中，岳飞表现不俗，不断受到重用。不过，局部的胜利并不能阻止金军南下，攻取汴京。后来，徽宗和钦宗二帝被掳走，赵构登基。二十五岁的岳飞向高宗上书，他说："陛下已登大宝，社稷有主，已足伐敌之谋，而勤王之师日集，彼方谓吾素弱，宜乘其怠击之。黄潜善、汪伯彦辈不能承圣意恢复，奉车驾日益南，恐不足系中原之望。臣愿陛下乘敌穴未固，亲率六军北渡，则将士作气，中原可复。"

很显然，高宗是不可能御驾亲征的。

事实上，正好相反，他时时都在想着求和。

他重用的，也基本是主和的臣子。

不久后，因越职进言，岳飞被逐出了军营。不过，发誓救国抗金的他并未灰心。建炎元年（1127）秋，他第四次从军，投到了河北西路招抚使张所麾下，并且被破格提升为统制。不久后，因高宗求和心切，主战派李纲被罢相，张所被贬岭南，死于途中。尽管如此，那时的岳飞，诗中尽是豪情：

强胡犯京阙，驻跸大江南。
二帝双魂杳，孤臣百战酣。
兵威空朔漠，法力仗瞿昙。
恢复山河日，捐躯分亦甘。

若能恢复山河，他愿意为国捐躯。

对于家国社稷，他始终是一腔赤诚。

可惜，他的雄心壮志，付给了一个软弱的朝廷。

其后，岳飞投入了开封留守、老将宗泽麾下，深受宗泽赏识。金军攻开封，宗泽调度有方，使金军无功而返。建炎二年（1128），宗泽多次上书，希望高宗早日北伐，却被高宗无视。最终，宗泽于七月病故。离世前，他连呼三声"过河"。八十年后，辛弃疾悲愤离世，连呼三声"杀贼"。他们皆有志于收复河山，却都带着失望离开了人间。宗泽去世后，因为统帅杜充指挥不当，开封终于落入金人之手。

建炎三年（1129），金军再度南侵，直取临安，妄图一举吞并大宋河山。不久后，建康失陷。其后，赵构被金军追赶，四处逃亡。与此同时，岳飞在与金军的战斗中多次告捷。

次年春，金军被困黄天荡四十日。完颜兀术重金悬赏求计。结果，有奸细献策，金军连夜挖通老鹳河故道，趁机遁逃而去。当时，金军如瓮中之鳖，韩世忠见胜券在握，作了首《满江红》：

万里长江，淘不尽、壮怀秋色。漫说道、秦宫汉帐，瑶台银阙。长剑倚天氛雾外，宝弓挂日烟尘侧。向星辰、拂袖整乾坤，难消歇。

龙虎啸，风云泣。千古恨，凭谁说。对山河耿耿，泪沾襟血。汴水夜吹羌笛管，鸾舆步老辽阳月。把唾壶敲碎问蟾蜍，圆何缺。

韩世忠与岳飞，都是赤胆忠心之人。山河破碎，百姓罹难，他们都无比伤心。然而，他们的胜利，却成了朝廷与金人谈判的筹码。在陆地上，岳飞率领的岳家军多次击败金军，夺回了建康。岳飞的诗，依旧壮怀激烈：

立马林冈豁战眸，阵云开处一溪流。
机舂水汩犹传晋，黍秀宫庭孰悯周。
南服只今歼小丑，北辕何日返神州。
誓将七尺酬明圣，怒指天涯泪不收。

遥望神州，他泪水沾襟。
为了山河社稷，他可以不计个人荣辱得失。
但他，终究是失望了。

3

红尘一骑，黄沙万里。
那是岳飞跃马关山的身影。
那一生，他只有一个愿望，就是收复山河。
收复建康后，岳飞转战江淮等地，平定了李成、张用等游寇。绍兴三年（1133）秋，高宗在临安召见了岳飞，赐给他弓箭、铠甲等物，以及御笔亲书的锦旗，上有"精忠岳飞"四字。其后，岳飞被任命为镇南军承宣使。

金军南侵时，河北西路提刑官刘豫弃职而逃。后来，金军攻济南，时为济南知府的刘豫杀害关胜投降。建炎四年（1130），刘豫被金人扶植为傀儡皇帝，建立"大齐"政权。其后，刘豫多次配合金军攻打南宋。

绍兴四年（1134）初，岳飞上书高宗，提出收复襄阳六郡的计划，得到高宗的支持。经过多场苦战，岳家军收复了襄阳、郢州、随州、唐州、邓州及信阳军六地。这是在与金的战争中南宋首次收复大片领土，岳飞因战功卓著被任命为清远军节度使，以及荆湖北路荆州、襄州、潭州制置使。两年后，伪齐政权被金废除。

对岳飞来说，这样的胜利还远远不够。

他要的，是驱除金人，让大宋万里河山完整恢复。

那时，他作过一首《题翠岩寺》：

秋风江上驻王师，暂向云山蹑翠微。
忠义必期清塞水，功名直欲镇边圻。
山林啸聚何劳取，沙漠群凶定破机。
行复三关迎二圣，金酋席卷尽擒归。

他想过，攻取金人老巢，迎回二帝。

在他看来，对付金人，必须以牙还牙，以血还血。

绍兴六年（1136），岳飞再次北伐，收复了商州、虢州等地。但是，在他节节胜利的时候，宋高宗及秦桧等人却一心想要与金人议和。绍兴八年（1138），秦桧堂堂宰相，竟跪倒在金国使臣面前，祈求和谈。最后，宋金和议达成，宋向金称臣，每年向金供奉金银绢帛等物。对此，岳飞十分愤怒。他数次请求解甲归田，皆被拒绝。愤懑之余，他作了首《小重山》：

昨夜寒蛩不住鸣。惊回千里梦，已三更。起来独自绕阶行。人悄悄，帘外月胧明。

白首为功名。旧山松竹老，阻归程。欲将心事付瑶琴。知音少，弦断有谁听。

其实，知音并非没有。

可惜，他们力主北伐，却尽遭排斥。

当时，所有的主战派，或被罢官，或被贬谪。

绍兴十年（1140）五月，金军撕毁和约南下攻宋。完颜兀术率军攻打顺昌，结果为宋军所败。其后，金军退至河南。岳飞率军北上，接连收复了颍昌、邓州等地，直抵开封。七月，岳家军取得了郾城大捷，并且乘胜进军朱仙镇。不断取胜，岳飞甚是喜悦，他对部下说："今次杀金人，直到黄龙府，当与诸君痛饮！"他作了首《满江红》，满纸豪情。

怒发冲冠，凭栏处、潇潇雨歇。抬望眼，仰天长啸，壮怀激烈。三十功名尘与土，八千里路云和月。莫等闲，白了少年头，空悲切。

靖康耻，犹未雪。臣子恨，何时灭。驾长车踏破，贺兰山缺。壮志饥餐胡虏肉，笑谈渴饮匈奴血。待从头、收拾旧山河，朝天阙。

这首词，八百多年后读来仍令人热血沸腾。

笑谈渴饮匈奴血。这是真正的英雄才有的气魄。

但这豪情，却被南宋朝廷扑灭了。

宋军先锋抵达朱仙镇后，岳飞在一日之内收到十二道金字牌，被诏命班师。忠义的岳飞只能遵旨回朝。他说："十年之功，废于一旦。"铁血的将军，满目悲伤。回到临安，他听闻河南大片土地又被金人占领，忍不住仰天长叹："所得诸郡，一旦都休！社稷江山，难以中兴！乾坤世界，无由再复！"他说得没错。英雄被冷落，河山注定难以收复。

岳飞数次请求卸去兵权，皆被拒绝。此时，他已对苟延残喘的南宋朝廷失望至极。他只想隐退山林，不问世事。不久后，南宋与金再次议和，签订了《绍兴和议》。

除掉岳飞，是金人答应和谈的一个重要条件。回朝不久，岳飞就被秦桧等人诬陷有谋反之嫌。绍兴十一年（1141）年末，岳飞于大理寺狱中被杀。同时被杀的，还有他的儿子岳云和部将张宪。岳飞的供状上只有八个字："天日昭昭，天日昭昭。"八十年后，诗人叶绍翁经过岳飞墓时，写了首诗：

万古知心只老天，英雄堪恨亦堪怜。
如公更缓须臾死，此虏安能八十年。
漠漠凝尘空偃月，堂堂遗像在凌烟。
早知埋骨西湖路，悔不鸱夷理钓船。

岳飞也想过，功成名就后，退隐山野。

他也想像范蠡那样，五湖来去，独取悠然。

不过，在收复山河之前，他不会退去。

他只是没料到，自己会是那样的结局。

二十年后，宋孝宗下诏为岳飞平冤昭雪。淳熙五年（1178）追谥武穆。后来，岳飞被葬于西湖栖霞岭。他的墓前，有秦桧、张俊等四人的铁铸跪像。岳飞的墓前有副对联："青山有幸埋忠骨，白铁无辜铸佞臣。"岁月，到底是还了他清白。但他夙愿未了，那份悲伤是岁月无法弥补的。

有的人生而如死，有的人虽死犹生。

八百多年后，岳飞仍旧活在无数人心里。

山河岁月，也不曾忘记他。

长安诗酒 | 汴京花

© 中南博集天卷文化传媒有限公司。本书版权受法律保护。未经权利人许可，任何人不得以任何方式使用本书包括正文、插图、封面、版式等任何部分内容，违者将受到法律制裁。

图书在版编目（CIP）数据

长安诗酒汴京花：全二册 / 随园散人著. -- 长沙：湖南文艺出版社, 2024. 8. -- ISBN 978-7-5726-2015-7
I. I267
中国国家版本馆 CIP 数据核字第 2024SP3032 号

上架建议：畅销·文学

CHANG'AN SHIJIU BIANJING HUA: QUAN ER CE
长安诗酒汴京花：全二册

著　　　者：	随园散人
出 版 人：	陈新文
责任编辑：	匡杨乐
监　　制：	邢越超
特约策划：	张　攀
特约编辑：	王　屿
营销支持：	李美怡
封面设计：	末末美书
版式设计：	李　洁
书籍插画：	北　册
内文排版：	百朗文化
出　　版：	湖南文艺出版社
	（长沙市雨花区东二环一段 508 号　邮编：410014）
网　　址：	www.hnwy.net
印　　刷：	天津联城印刷有限公司
经　　销：	新华书店
开　　本：	875 mm × 1230 mm　1/32
字　　数：	376 千字
印　　张：	16.25
版　　次：	2024 年 8 月第 1 版
印　　次：	2024 年 8 月第 1 次印刷
书　　号：	ISBN 978-7-5726-2015-7
定　　价：	79.80 元（全二册）

若有质量问题，请致电质量监督电话：010-59096394
团购电话：010-59320018